Les murmures de Chaplin

L'homme arriva l'allure décidée, proche de la décontraction.
Chaque pas qu'il avançait aux abords des pontons, révélait une perceptible forme physique.
D'autant plus que l'homme en question, en s'approchant d'eux, présentait un âge certain comme l'on dit, que pouvait envier quelques jeunes hommes d'allure moins athlétique.
Occupés à leur repas improvisé, sur un banc de la promenade au bord du lac, Edith et Roland, aperçurent l'homme qui dans leur direction les saluait d'un geste large.
_ Bonjour, Messieurs- Dames, bon appétit !
_ Merci beaucoup, répondirent –ils, à la fois surpris par cette marque courtoise et sympathique.
A partir de ce moment, leur regard cibla davantage les préparatifs de l'homme sur son bateau, tout en poursuivant leur repas improvisé.
Puis vint le départ du hors bord à la coque bleu foncée, qui se faufila à travers les rangées d'autres bateaux appontés.
Au bout du bassin, juste avant la sortie, l'homme ralentit quelque peu, discuta avec des gens de connaissance, installés à l'arrière du bateau pour déjeuner, leurs voix résonnèrent mêlés aux éclats de rire qui attestait le profit des plaisirs de la vie.

Le soleil se cachait derrière les nuages, la couleur du ciel annonçait la menace de l'orage.

L'homme remit les gaz de son hors bord, et se dirigea vers la sortie du port de plaisance, sans doute avec le visage heureux du solitaire, le cœur enthousiaste pour ces moments précieux de liberté.
Edith et Roland le suivirent des yeux un long instant, puis l'abandonnèrent comme par respect au gré de sa solitude.
_Qui pouvait-il être ? S'interrogea Roland.
Quant à Edith, elle ne se posait aucune question, ayant apprécié la simplicité, la courtoisie, de l'homme inconnu.
Persuadée, qu'habitant Vevey, il s'agissait d'une personne fortunée, et que la richesse rend souvent dédaigneuses les personnes issues de ce milieu.
La preuve était établie, qu'existait dans ce milieu, qualifié de nanti, aussi des exceptions.
Plus audacieux, qui sait si l'homme n'aurait pas accepté de les prendre à bord, pour une courte promenade le long des rives du Léman ?
Peut-être, que de son coté il n'avait osé faire la proposition, déplacée à son goût, ne connaissant pas ce couple affiché dans sa quiétude.
Leur repas impromptu terminé, ils quittèrent l'endroit face au port ; derrière eux la ballade bordée d'arbres s'offrait au paradis des piétons et des cyclistes.
Roland pensif, restait sur sa faim, il aurait aimé en savoir plus sur l'homme au charme discret.
Quant à Edith, sa vive curiosité semblait éteinte, le sourire de l'homme lui suffisait comme marque de séduction.
Chaque jour dans son métier, elle ne manquait pas d'éloges intéressés, ce qui finissait par créer une attitude à la fois de méfiance et d'indifférence.

Le mensonge des hommes bien connu des femmes anéantissait parfois leur rapport, obstruait leur état d'esprit vers un horizon où l'image adulé du mâle apparaissait restrictive.

L'homme à ses cotés ayant démontré une attitude de séduction naturelle, elle en préservait le souvenir comme un moment de rare privilège.

Une chose, peut-être, qui n'arrivait qu'une fois dans la vie, qu'il fallait saisir au vol, animé d'une opportunité saine, d'un élan d'amour.

_Nous allons rentrer, beaucoup plus tard, dit Roland.

_C'est probable, nous ne pouvons y échapper, répondit Edith.

Tout près de là, la statue de Chaplin au centre d'un parterre de roses érigée face au Léman, immortalisait le génie du cinéma muet, le visionnaire des temps modernes.

Par un clin d'œil malicieux du grand acteur qu'il fut, Roland y décela un signe, une sensation de probable révélation.

Ne serait-ce pas sur l'identité de l'homme, qu'Edith et lui, avaient rencontré par le pur des hasards ?

Roland, époustouflé, s'approcha de la statue de l'acteur, y vit un balbutiement, un murmure des lèvres, qui dans un souffle confia : << Cet homme qui demeure pour vous une énigme, s'appelle Hugo Kubler, sa femme se prénomme Greta >>

<< Mais comment le savez-vous, chuchota Roland, sous les yeux de témoins, interloqués.

<< C'était mon voisin, sur les hauteurs de Vevey, un très grand producteur de films à Hollywood, sa propriété se nomme « le Septième Art » Ami aussi

de David Niven, autre grand acteur inhumé au cimetière local >>.

Les gens de passage s'éloignèrent de la statue, regardèrent Roland avec mépris, croyant être victimes, d'un fou, d'hallucinations, de choses surnaturelles, pour lesquelles l'esprit a du mal à concevoir la possibilité.

A quelques pas de là, Edith s'étonnait de l'absence prolongée de son mari, que pouvait-il avoir découvert ?

_Alors, inspecteur, votre enquête avance ? Lança t-elle avec ironie.
_Tu ne vas pas me croire, ou me prendre pour un fou toi aussi, Chaplin m'a susurré quelque chose !
_Quoi ? Chaplin !
_Je trouvais drôle, nous venions juste de faire des photos, tu ne me suivais plus.
_Tu es sûr que ça va bien, Roland ?
_Oui, je vais bien, rassure toi, je connais l'identité de l'homme qui nous a salués.
_ Tu m'excuses, j'ai du mal à te croire, ce n'est pas un truc d'auteur ?
_Je sais, cela parait incroyable, pourtant…
_Si la police t'interroge, tu ne vas pas révéler la connaissance de son nom ?
_J'en sais rien, surtout pas venant de Chaplin, non sans doute.

Leur regard se fit davantage interrogateur, le visage d'Edith masquait à peine son inquiétude, son scepticisme devant la situation rocambolesque.

Pendant ce temps-là sur les hauteurs de Vevey, perdue dans les vignes à flancs de coteaux, surplombant le lac et se hissant vers les Alpes côté

Suisse, la propriété baptisée « « le Septième Art » » s'imposait de plein pied.

Cernée par un gazon d'un vert digne du pays basque, le terrain qui l'entourait dans sa superficie offrait la vraisemblance d'un green, au centre duquel une vaste piscine attendait l'émulation des nageurs et autres plongeons d'enfants égayés.

De la terrasse, l'intérieur s'ouvrait sur une immense pièce salon au design contemporain, aux murs les rayonnages tapissés de livres de collection, aux reliures de différentes couleurs encadraient la pièce.

Au milieu du salon, assis sur une banquette de cuir blanc, Greta Hugo, en pleine conversation, recevait deux fois par semaine ses amies, réparties autour d'elle pour prendre le thé à l'heure convenue, et entamer une partie de bridge.

La rencontre bi- hebdomadaire, en dehors du jeu, leur permettait de parler mondanités, d'évoquer les soucis financiers des riches, et parfois d'égratigner au passage le comportement des hommes.

Greta très individuelle, accompagnait peu son mari, leur vie jusqu'ici fut une sorte de compromis, d'opposition, adjointe à quelques points d'affinités.

Le sexe les séparait, depuis longtemps elle ne cachait pas sa désapprobation pour l'acte sexuel, la rumeur filtrée par les amis intimes, clarifiait qu'Hugo en homme discret épanchait ses besoins avec quelque jeunesse.

Etait-ce l'origine de sa condition physique actuelle ?

Certains l'affirmaient, quant à Greta, son état d'esprit considérait qu'arrivé à un certain âge, ce genre de chose devenait futile.

Pour Hugo Kubler, l'importance de la déraison aura guidé par épisodes sa vie.

Rien disait-il, n'est plus misérable que de vouloir toujours être raisonnable.
Fier de ses succès cinématographiques, il se félicitait d'avoir souvent agi en franc-tireur, pour n'écouter que les élans de son cœur.
La vie clamait-il, est un risque, la rendre morne par précaution ou prudence, enlève tout intérêt à son vécu.
Pourquoi changerait-il, à l'aube de sa condition de septuagénaire ?

La police locale de Vevey arrivait à grand renfort de sirène, sur le toit du véhicule tournoyait la lumière bleutée qui indiquait l'urgence, juste après l'intervention des sapeurs pompiers partis à bord du zodiac.
De loin, au milieu du lac, le hors bord paraissait immobilisé comme ballotté par le courant qui formait des vagues à l'assaut de la coque.
Les interrogatoires commencèrent sur les pontons, notamment celui du couple qui avait été le dernier à parler à Hugo Kubler avant sa sortie du port, alors qu'ils déjeunaient à bord de leur bateau.
Ils devaient le connaître depuis longtemps, à moins qu'il s'agisse d'une sympathie spontanée, rencontre dû au hasard des vacances ?
Les regards et gestes se dirigèrent vers la promenade du lac, à la recherche selon toute vraisemblance d'autres témoins.
Sur le sol ferme, deux hommes et une femme dans leur tenue officielle, arpentèrent à pas modérés le halage jusqu'à la statue de Chaplin.
Prés d'eux, sur la piste cyclable les deux roues se croisaient, au dernier moment la vue des uniformes de police, les incitaient à ralentir leur vitesse, dans

un réflexe qui évoquait plus la crainte qu'une réelle prudence.
Roland assis sur une des pierres qui bordait le lac, se laissait photographier par Edith occupée à cadrer son profil gauche où le sourire en coin formait un rictus aux commissures de la lèvre.
Un instant paisible, comme il les aimait tous les deux.
L'arrivée des trois agents de police perturba ces minutes privilégiées.
Par un salut respectable, le chef d'entre eux les interpella avec son accent vaudois.
_Bonjour, madame, bonjour monsieur, police municipale de Vevey, nous aimerions vous poser quelques questions ?
_A quel sujet, s'il vous plait ? Firent Edith et Roland.
_D'après quelques témoins, vous mangiez sur un banc face au port de plaisance.
_Ce midi, en effet, c'était interdit ? Dit Roland.
_Non, bien sûr, je vous rassure, le problème n'est pas là, monsieur.
_Quel est-il, alors ?
_Il y a eu un meurtre, presque sous vos yeux, à l'heure supposée de votre présence, nous tentons d'en élucider les circonstances exactes.
Edith et Roland se regardèrent foudroyés par la nouvelle.
_Mais de qui s'agit-il, vous pouvez nous le dire ?
_Assurément, un homme vous a salués à son arrivée au port, vers quatorze heures, semble t-il !
_Tout a fait, il nous a même souhaité bon appétit. Dirent-ils ensemble.
_C'est l'homme, que nous venons de retrouver assassiné à bord de son bateau.

_Vous nous glacez, fit Edith angoissée.
-Il y a de quoi, sans doute, madame, soupira le policier.
_Avec son sourire, son attention délicate à notre égard, nous l'avions trouvé sympathique, simple pour un homme sûrement aisé.
_Si le moindre détail concernant une autre personne, aperçue à la même heure sur le ponton vous revient, voici le numéro de téléphone du commissariat.
_Nous ne manquerons pas de vous le signaler…Nous repartons coté français ce soir, nous sommes venus pour la journée.
_Rendre une visite à Chaplin ? Souligna le policier.
_Oui, ma femme ne connaissait pas Vevey, ni l'endroit du mémorial Chaplin.
_Je comprend, fit le chef, excusez-nous pour le dérangement, n'hésitez pas à appeler, un infime détail à son importance pour l'enquête.
Les trois policiers repartirent le long de la promenade, jetant un regard suspicieux vis-à-vis de toute personne qu'ils croisèrent.
La chaleur envahit l'atmosphère, le ciel lourd portait le poids du drame qui à l'écart du monde inconscient alanguissait le suspense.

Une Jaguar noire stationna le long de l'avenue, à l'ombre des arbres.
Le chauffeur en costume cravate sombre ouvrit la portière à l'arrière du véhicule, et en descendit une femme élancée, le visage atterré, vêtu d'un tailleur mauve, le pas incertain en posant ses jambes sur le sol.

Greta Kubler, avec dignité, donna quelques ordres à son chauffeur, qui demeura près de la voiture le regard circonspect.

A l'entrée du port, le zodiac des pompiers amorça avec prudence le virage qui permettait l'accès au ponton, à l'emplacement réservé.

Le corps de l'homme apparut, protégé par un linceul en plastic sur le quai du port, quelques promeneurs s'arrêtèrent, intrigués par la présence des interventionnistes.

A quelques mètres de là, les murmures de Chaplin interpellèrent le couple.

<<Vous savez, je connaissais bien Hugo, nos propriétés se confondaient au coucher du soleil !

_Quel rapport avec sa mort ? S'étonna Roland.

Edith, muette de stupéfaction, resta sans voix devant le dialogue surréaliste.

<< Le rapport, fit Chaplin, simple, Hugo avait une maîtresse, belle actrice italienne.

_Pourquoi l'avoir assassiné pour autant ?

<< Il avait promis de quitter sa femme, et de l'épouser.

_Vous croyez qu'elle a commis cet acte ?

<< De l'endroit où je suis, il m'a semblé qu'un couple montait à bord du zodiac d'Hugo.

_La police pourrait être intéressé par ce nouvel indice !

<< Inutile, monsieur, un conseil, laissez-les agir, leur efficacité va les mettre sur la piste…Repartez tranquilles vers Evian.

_Vous croyez ? Dit Roland.

<< Ecoutez-moi, je vous assure, merci à tous les deux d'avoir posé dans mon jardin secret.

_Mais, s'il y avait un autre homme, le connaissiez-vous ?

<< Je pense qu'il s'agit de Massimo, un industriel milanais !

_Par jalousie, sans doute ?

<< On peut supposer, il a sa suite au Palace de Montreux.

_Et Greta, l'épouse d'Hugo, savait ?

<< Disons qu'elle n'était pas dupe, son train de vie comptait avant tout pour elle.

_Elle l'aimait tout de même ?

<< Vous êtes encore jeune tous les deux, avec les années un couple s'attache porté par la sagesse ou l'intelligence, dans la crainte de la solitude implacable >>

A ces mots, il eut un sourire retenu, le complot contre Hugo lui parut prévisible, la statue de Chaplin redevint figée dans son costume de grand acteur.

Aucun souffle de sa bouche ne réapparut, l'éternel chapeau sur sa tête, sa canne, le bras gauche replié tenant dans sa main une rose contre sa poitrine, il se réjouissait de son immortalité.

Lui, que le monde avait encensé pour son talent visionnaire, admiré pour sa vie familiale exemplaire, au-delà de quelque agitation.

Dans la direction du port de plaisance, les sirènes des pompiers et de la police résonnèrent de nouveau, leur bruit cumulé déchirait l'atmosphère.

Figés sur place, les promeneurs eurent un frisson qui fit froid dans le dos.

On entendit : << Que s'est-il passé, qui est-ce, un accident ?>>

Au volant de la Jaguar noire, le chauffeur imperturbable attendait l'ordre de démarrer pour suivre le véhicule de secours, encadré par la police.
A l'arrière Greta Kubler, pâle d'émotion, digne dans la douleur, baissa la tête comme pour mieux s'imprégner du souvenir.
En même temps, elle revit le film de sa vie interrompu par l'inexplicable.
A ce moment précis, pensa t-elle à la trahison ?
La mort d'Hugo revêtait-elle son indulgence, ou une vengeance tenue secrète ?
Roland songea : << tout homme est un mystère >>

Sur la route du retour, Edith photographia le Château de Chillon, célèbre dans le monde, dans le cadre du paysage vaudois et des richesses culturelles de la Suisse.
Dans une heure à peine, ils franchiraient la frontière à Saint Gingolph, sous les yeux avertis des douaniers.
Une journée promise de détente, qui fut riche en étonnements, en rebondissements dont le couple n'adhéra que par imprévu et obligation.
Soudain, Edith suggéra à Roland : << Si le tueur n'avait rien à voir avec la maîtresse d'Hugo, ni avec l'industriel milanais ?
Possible, non, nous ne saurons peut-être jamais ! >>
Pourquoi Chaplin aurait-il menti, par crédulité ? >>
C'est vrai que depuis longtemps il avait quitté ce monde de prédateurs.
Pendant ce temps, au milieu des jardins colorés du Palace de Montreux, Lucia et Massimo allongés face à face prenaient un rafraîchissement qu'un serveur en tenue blanche déposait devant eux.

Au téléphone, l'homme d'affaires italien parut intransigeant, insistant sur la qualité, le marché, les difficultés d'écoulement.
Et si le crime profitait à certaines filières ?
Quant à Massimo, lunettes noires et panama lui donnait une allure particulière qui seyait aux hommes d'un milieu bien circonstanciel.
Lucia, les jambes étendues, s'occupait de sa personne, soucieuse de repérer la moindre anomalie disgracieuse qui concernait son bronzage de latine, son prestige d'actrice en vogue.
En admiration devant Massimo, forme de béatitude, elle fermait les yeux sur ce qu'elle croyait être un privilège de la vie.
A quelques mètres de là, Claudia, amie intime d'Hugo Kubler, semblait ignorer sa disparition ou feignait de connaître la réalité morbide.
Nerveuse, elle tournait les pages d'un roman avec une certaine rapidité.
Bien qu'en apparence détendue, l'expression du visage trahissait une forme d'inquiétude.
Et si à cet instant, le remords traversait l'esprit de Claudia ?
Elle parcourait « Lolita » de Nabokov, hôte notoire de Montreux dans le passé, en compagnie de sa charmante épouse.
Massimo, les lunettes noires baissées sur le nez, souriait dans sa direction.
Un regard teinté à la fois, d'ironie, de satisfaction d'une mission accomplie.
Lucia, se montrait indifférente aux agissements silencieux, qui se déroulaient derrière son dos.
Que pouvait-elle cachée derrière cette indifférence trop visible ?

Elle fut à l'origine de la rencontre, entre Hugo et Massimo, et de Claudia présente, un producteur génial disait-elle, qui savait mettre en valeur ses goûts d'actrice et sa beauté pour des rôles faits sur mesure, au regard de sa personnalité.
Elle « crevait » l'écran, répétait-il, ces simples mots firent d'elle une maîtresse dévouée.
Elle répondit à beaucoup de ses exigences, attitude de reconnaissance qui n'eut rien à voir avec l'amour passion.
Claudia, restera l'amie supposée, la maîtresse soumise, alliant les deux appartenances à ce qu'il convient de nommer, une amitié sincère.
La femme, au passé trouble, au présent soupçonneux, qu'Hugo rencontra un jour pendant un tournage, dans un pub anglais.
Elle vivait en Suisse six mois de l'année, le reste du temps son lieu de résidence demeurait une énigme, les Etats-Unis, l'Italie, la Grèce ?

Evian apparut sous le soleil de fin de journée avec sa foule hétéroclite.
L'exposition au Palais Lumière présentait les œuvres de Jules Chéret « L'esprit et la Grâce »
Une visite pour oublier les médiocrités, bassesses de l'existence.
De quoi s'élever, revivre la beauté de l'art, que le regard attise, s'empare, pour suppléer à la mémoire défaillante.
-Regarde comme c'est superbe ! Dit Edith enthousiaste.
-Magnifique cette recherche de couleurs, quel talent d'artiste ! Affirma Roland

A la sortie de l'exposition au Palais Lumière, ils allèrent dîner en terrasse, ne pensant qu'au bonheur qu'offre la création.
L'art relevait le défi face au crime du jour, dont ils resteraient les témoins involontaires sur le chemin scabreux de la vérité.
A la fin de leur séjour, Edith et Roland prirent par hasard le quotidien 24 Heures de Lausanne.
Ils purent lire que Massimo et Lucia, faisait l'objet d'une garde à vue dans le cadre du meurtre d'Hugo Kubler.
Un témoin capital, resté anonyme, pêcheur sur le lac, certifiait les avoir vus sur le lieu du drame.
Quarante huit heures après, le même journal annonçait les aveux du couple et leur arrestation par la police.
Le lendemain, rebondissement en première page du journal, Greta Kubler l'épouse, relançait l'affaire par une déclaration inattendue.

Dans les jours qui suivirent, Maître Schaer, son avocat, apaisa les médias à l'affût, en proclamant qu'il assurerait sa défense sur des preuves irréfutables.
Un journaliste parmi d'autres, osa la question brutale : Maître, ne prenez vous pas un risque énorme, en voulant démanteler un réseau international ?
Un autre, s'exprima dans la foulée : Greta Kubler, veut-elle protéger la mémoire de son mari, en avouant sa complicité ?
- Maître ! S'agit-il d'un règlement de compte interne, dont Greta Kubler suspectait l'existence et les risques ?

L'avocat rétorqua à la presse, qu'il était prématuré d'en parler, que toute la lumière serait faite, qu'il croyait en toute sérénité à l'innocence de sa cliente.
La vérité, ce vain mot souvent galvaudé, apparaîtra-t-elle dans la clarté du jour ?
Roland s'accorda la permission, non dénué de bon sens, de ne pas y croire.
Soudain, la brume enveloppa le lac, recouvrant ses interrogations.
Tournant cette fois le dos au lac, il comprit que le temps trop court de son passage, laisserait planer le mystère de façon définitive.
Ou alors, qu'un jour lointain, n'y songeant plus, peut-être que par la presse ?
Suite à l'audace opiniâtre d'un journaliste, un fait inattendu, ressurgirait des fouilles de l'homme de presse en mal de notoriété, négligé au moment de l'enquête à tort ou à raison, et permettrait peut-être de retrouver le véritable coupable.

Car, coupable, il y avait, sûrement, protection soutenue aussi, peur intense de scandale, omniprésente, le tout réuni, subodoré par l'odeur d'affaire étouffée.

Fantasmes obscurs

    Ils entrèrent dans le parc de Bel Air pour se diriger vers l'ombre qu'offraient les grands marronniers. Dans sa main droite, sa canne au pommeau couleur argent lui donnait de l'assurance ; de l'autre coté serrant son bras à frôler son corps, la jeune femme blonde guidait ses pas en bordure des allées où quelques dénivelés incitaient à la vigilance.
Plus loin ils se dirigèrent vers les plants de roses, qui venaient d'être arrosés, la chaleur de l'été indien nécessitait ce geste de la part des jardiniers de la ville.
Ensuite, à l'endroit habituel sur un banc protégé par un magnolia, ils faisaient la pause, la jeune femme abordait la lecture choisie par l'homme âgé.
Un livre de la pléiade aux pages souples de papier bible, à la couverture marron, protégé par une jaquette en plastic, dont le titre d'Albert Camus, l'Etranger, le renvoyait à sa jeunesse, au vécu de la guerre d'Algérie en 1962 du coté de Blida.
Le drame d'un milieu de matinée au cours d'une embuscade, qui le vit perdre plusieurs de ses camarades foudroyés à ses cotés, puis le brouillard opaque qui le fit crier comme une bête touchée, le mal et la peur s'étant emparé de lui.
Il serrait le bras de Rachel, revivant ces instants visités par la mémoire ; sur certains passages, il lui demandait de relire quelques lignes pour bien s'imprégner de l'histoire, qu'il trouvait simple et belle.

De temps à autre, il arborait un sourire, lui parlait des personnages, dénonçant l'intrigue avec un jugement rigoureux digne d'un critique littéraire.
Rachel, la jeune femme de compagnie s'en amusait, admirative de sa culture générale, car il extériorisait avec une aisance stupéfiante les sujets de tous ordres.
Victor Poisson, ancien conseiller juridique et fiscal, âgé de quatre-vingt cinq ans, veuf depuis dix ans, éprouvait depuis quelque temps le besoin d'une aide à domicile à temps plein, avec l'appellation de dame de compagnie.
Après étude minutieuse des candidatures, son choix se fixait en faveur de Rachel Dorval, trente ans, dont le profil, l'état d'esprit, la discrétion, paraissaient en concordance avec sa personnalité.
Il ne regretta pas son choix.

La maison dont il jouissait en tant que propriétaire jouxtait le parc de Bel Air, ce qui facilitait les jours de beau temps ses deux sorties quotidiennes.
Le matin vers onze heures avant le déjeuner, l'après-midi aux alentours de quinze heures, sorties qui suivait une courte sieste salutaire à la détente de son cerveau.
C'est ce qu'il affirmait avec humour à l'intention de Rachel << Vous savez, mon petit, cela parait insignifiant, le cerveau est un organe sollicité, l'ordinateur de toutes nos réactions, il a besoin de détente qui régénère son efficacité >>
<< Je n'en doute pas, monsieur, d'autant plus que vous pensez beaucoup >>
Sans réponse, elle n'en s'étonnait pas, le silence de la pièce traduisait l'assoupissement de Victor, qui

bouche ouverte rejoignait quelque rêve antérieur, attitude de l'enfance ou fantasme présent.
Rachel se rappela son engagement pour lui faire plaisir à son réveil.
<< Vous n'oubliez pas Rachel, je sais, je vous demande beaucoup>>
Ces propos, gravés dans son esprit, corroboraient avec son adhésion volontaire.
Rien ne la força à accepter ce genre de proposition, vis-à-vis de cet homme dont les plaisirs fussent limités, elle en éprouva elle-même une troublante satisfaction à l'idée de divertir son quotidien.
Victor en être humain délicieux exprimait la douceur, ce qu'elle recherchait en vain auprès des jeunes hommes de son âge ; qui trop avides de leur plaisir individuel oubliaient de la satisfaire avec les gestes d'attention espérés.
Sa sensualité en face d'eux, n'attirait que l'acte mécanique dans son accomplissement fruste.
Aucune poésie, qui puisse évoquer l'émouvant plaisir d'appartenir à un autre, de s'abandonner aux mains délicates, expertes d'un amant.
Cela, elle le découvrait de façon insoupçonnée, avec un homme de quatre vingt cinq ans qui auraient pu être son grand-père, dont le regard éteint éveillait en lui le besoin charnel de sensations fortes.
Imaginer à nouveau le bonheur d'y voir, de découvrir les lignes parfaites d'un corps qu'il pressentit lascif au parfum du premier instant ; dès l'apparition de Rachel pour qui son audace verbale ne choqua pas.
<< Donner ce dernier plaisir à un homme, dont la vie terne s'amplifiait chaque jour au plus profond de sa nuit >>

Etait-ce la pulsion des sens, ou de l'insolence introvertie ?
Ou bien le sentiment capricieux de redevenir normal ?
Semblable aux autres hommes dont la chance autorise toutes leurs facultés.

Rachel dans son immodestie, avec sa libérale générosité s'était attachée à l'homme, Victor Poisson, qu'elle ne voulait pour rien au monde décevoir face à une demande qu'elle jugea saine à titre personnel.
Elle s'enhardissait par un comportement qui lui apparaissait non dénué de naturel.
Sans doute se surprenait-elle, à accepter des choses qu'elle n'eût pas imaginées il y a encore quelque temps.
Comme quoi les réactions de l'être humain sont parfois perméables.
Rachel avait le temps de réfléchir à la surprise tactile qu'elle créerait en lui. Son assoupissement prolongé ne l'inquiétait nullement.
Il y avait des jours, où le repos du début d'après-midi s'étendait, comme si dans l'inconscient Victor Poisson jouissait dans une première phase du plaisir de l'attente.
Rachel, par un instinct féminin inné ne semblait pas dupe de l'attitude de Victor, qui jadis fut comédien à ses heures dans une troupe de théâtre amateur.
C'était, disait-il, ce qui le reposait de la rigueur de la juridiction.
Dans sa chambre au premier étage, elle ouvrit la porte de l'armoire à glace où ses affaires personnelles étaient rangées avec soin.

Les dessous féminins, à mi-hauteur de sa taille, s'accumulaient avec une certaine abondance, à portée de son regard le choix des couleurs permettait de varier si elle le désirait plusieurs fois par semaine.

La main précise, elle prit d'emblée un ensemble qui par sa qualité soyeuse plairait à Victor, un achat récent, grâce à sa générosité, qu'elle avait choisi en mettant un prix qu'elle n'aurait pu envisager.

Elle se regarda devant la glace, une fois l'ensemble ajusté sur sa peau blanche de blonde, qui l'imprimait à son corps la rendant désirable avec ses formes mises en valeur.

Ses mains caressèrent son ventre plat, ses hanches, prirent ses seins comme pour évaluer la cueillette de fruits uniques.

Nul doute, qu'elle pensait à cet instant à la convoitise qu'elle devait susciter.

Victor, devait l'attendre en silence avec la ferveur d'un jeune homme, mais aussi avec l'expérience, dû à l'âge, de la patience.

Il ne tarderait pas à s'inquiéter de sa présence.

Soumise, elle se préparait à savourer un moment intime qui se renouvelait au rythme irrégulier, souvent impromptu, après la sieste de Victor Poisson

- Rachel ! Vous êtes là ?

Du premier étage, elle cria : Oui, monsieur, j'arrive tout de suite.

- Prenez votre temps, Rachel, vous savez bien.

Rachel, descendait en souplesse l'escalier, dont la moquette fixée au milieu des marches amortissait son pas feutré.

Elle espérait ravie de son engagement, lui apporter une nouvelle fois le plaisir qu'il ne pourrait que deviner qu'avec ses mains agiles, mesurées de respect.
Arrivée à proximité de Victor, Rachel s'aperçut de son attitude différente, ses bras immobiles posés sur ses jambes parurent dénués d'intention tactile.
Il sentait son parfum, numéro 5 de Chanel, qu'il adorait, cela semblait lui suffire dans le silence de la pièce que troublait son souffle accéléré.
- Rachel, dîtes- moi la couleur que vous avez choisie.
- Couleur mauve pour l'ensemble, monsieur.
- Superbe, ma femme portait ces couleurs dans le temps, je m'en souviens.
Elle s'approcha de lui presque à l'effleurer, son immobilité demeura la même, alors qu'il pressentit son corps à portée de ses doigts, l'odeur soyeuse de ses sous-vêtements.
Son ventre doux de femme qui enfante, ce ventre même qu'effleure sa joue, qui procure du plaisir par les vibrations de l'orgasme.
Il se remémora l'ensemble parfait d'un corps, dont le désir régulier d'appel aux fantasmes, provoqua sa hardiesse verbale. Une demande qu'il jugea par la suite déplacée.
Victor, y trouva en réponse une complaisance inattendue.
A présent, que se passa t-il, sa détermination s'écarta de toute pensée érotique.
- Rachel, voulez-vous me dire les grands titres du journal, s'il vous plait.
- Qu'y a t-il monsieur, avant vous aimiez... nous abordions le journal, après !

Les jours précédents, Rachel à ses cotés, laissait sa main caressante parcourir son corps, s'attarder sur la soie qui couvrait son ventre, telle une invitation à une promenade exploratrice.
Elle ne comprenait pas le refus.
Victor eut un rictus à la commissure de ses lèvres, des rides apparurent sur son front taché de plaques brunes, puis un léger sourire ouvrit son visage pâle, soudain détendu.
- Didier m'a téléphoné, nous avons eu une longue conversation.
- Didier, mais comment ?
- Je vous expliquerai, allez vous habiller Rachel, nous sortirons ensuite.
- J'y vais, monsieur, j'apporterai le journal au parc ?
- C'est d'accord, là nous discuterons de choses récentes.
Rachel, remonta l'escalier jusqu'à sa chambre ne prenant plus soin de ne faire aucun bruit.
Elle éprouva, non pas une déception, mais plutôt une sorte de frustration.
En même temps, le sentiment secret d'un manque, du plaisir de s'exhiber en éveillant les sens d'un homme au cœur de sa nuit.
<< Comment se faisait-il que Didier en avait eu connaissance ?
 Pourquoi, Victor Poisson aurait-il révélé, les clauses de leur intimité >>
Rachel, saisissait mal l'objectif de la conduite inexpliquée de son employeur, qui de surcroît la trahissait au regard de son comportement osé, envahi de complaisance.
Se donner à un homme âgé, cela demandait de la générosité, un écart irréfléchi, un dépassement face

à son éducation, même si ses qualités et gestes respectables sauvaient son honneur, sa dignité de femme.
Et puis, prise au jeu, les sentiments pour Victor s'appropièrent une place dont elle ne mesura qu'au fil du temps l'insidieuse importance.
Elle se sentit dans le rôle d'épouse, habitée par une débordante sensualité.
- Rachel, vous êtes prête ?
- Oui, monsieur, j'arrive.
Victor, entendait son pas léger descendre l'escalier, à l'écoute, cherchait la tête relevée la vision de sa silhouette, supposait la souplesse du mouvement de ses hanches en constatant, ému, sa réaction masculine.
Le bonheur de percevoir la vie amoindrissait ses moments de désespoir.
Il le devait à Rachel, l'obligation de s'expliquer le rendait triste.

Ils gravissaient les marches qui conduisaient au sémaphore où se dressait le monument aux morts, entouré d'un parterre de fleurs.
 Le parcours du jardin de Bel Air comportait plusieurs allées, dont la principale qui descendait vers les jeux d'enfants, les terrains de l'amicale des boulistes, où le goût des plaisirs différents s'adaptait à l'âge.
Au milieu des cris d'enfants, des intonations variées des joueurs adultes, Victor et Rachel restaient silencieux, assis côte à côte. Elle tenait dans ses mains le journal comme il lui avait demandé pour la lecture des nouvelles du jour.
Prenant sa main avec affection, il s'engagea :
Rachel, vous rédigez un journal intime ?

- Oui, monsieur, pourquoi me posez vous cette question ?
- Je suppose, que vous mentionnez des choses très personnelles ?
- Cela me semble normal, sinon ce ne serait plus un journal intime.
- Vous avez raison, seulement il doit rester votre propriété.
- Aucun doute, je le range avec mes affaires dans mon sac.
- Rachel, il n'est plus dans votre sac, son propriétaire illégal s'appelle Didier.
- Didier ? J'ai tout compris, d'où cette crise de jalousie l'autre soir.
- Didier, et vous, il y a longtemps ?
- Quelques mois, monsieur, au début de nos accords.
Le vieil homme penchait la tête vers le sol, comme si son regard cherchait une solution en fixant la terre brune, craquelée, formée de rigoles sous l'effet des pluies récentes.
- D'après ses propos, il me parait de bonne éducation, fit Victor.
- Ses parents, sont des ouvriers méritants, sans beaucoup d'argent, ajouta Rachel.
- Vous l'aimez ?
- Je crois, monsieur.
- Vous n'êtes pas sûr, curieuse votre remarque.
- Je ne m'entends pas, sexuellement parlant avec lui.
- La franchise vous honore, cette fois, Rachel.
- Désolée, monsieur, de vous avoir menti.
- On oublie vite, ce mensonge est pardonnable à votre âge.
- J'ai une proposition à vous faire, parlez-en d'abord à Didier.

Dîtes lui, de venir me voir, nous parlerons entre hommes.
- Bien, monsieur, j'espère qu'il acceptera, la timidité le bloque souvent.
Insistez, Rachel, mes simples conseils vous aideront peut-être.
La jeune femme à l'écoute de ces mots, entrevoyait l'ampleur de leur portée dans la voix de Victor Poisson
Etait-ce vraiment ce qu'elle désirât ?

Rachel, dans la cuisine s'affairait à la préparation du déjeuner, dans le salon voisin en conversation feutrée s'étaient installés Victor et Didier dont on ne percevait que très peu la voix ; l'impression d'un cours donné par un professeur s'acheminait avec discrétion dans le couloir qui aboutissait au fond à la cuisine.
Une odeur de lapin mijoté à la moutarde se répandait dans toute la maison, qui incitait les deux interlocuteurs à écourter, je devrai dire, à interrompre le monologue développé.
La porte s'ouvrit, la voix de Victor se fit cette fois moins discrète : << Voyez-vous, mon cher Didier, suivez mon conseil, les femmes ne demandent qu'à être comprises, cela demande une extrême attention>>
Le jeune homme, muet, tétanisé par tant d'expérience, baissa la tête, suivit les pas assurés du maître de maison vers l'endroit du repas, où la table dressée par Rachel afficha des couleurs de fête.
- Vous allez déguster un de mes plats préférés, que Rachel prépare à merveille, j'espère que vous aimez le lapin ?
- Tout dépend de la préparation, osa Didier.

Voilà une autre qualité de votre amie, que vous apprécierez, il n'y a pas qu'en amour, je suppose, qu'elle possède un don.
- J'ai perçu le message, fit Didier, agacé.
Rouge de colère intériorisée, son respect pour le vieil homme l'emportait face aux propos suggestifs.

Victor Poisson, s'excusa, après que le café eut été servi à la fin du repas. Comme tous les jours, une heure de sieste lui procurait à son âge un bien être physique, il se réveillait ensuite avec la forme d'un jeune homme.
- Rachel, faîtes visiter les lieux à Didier, qu'il se rende compte de vos conditions de travail.
- Pas de problème, tout de suite, monsieur.
Il s'endormit.
Parmi ses rêves de vieillard se distinguait celui de la vraie vie.
Un air de jeunesse flottait tel un emblème au gré du vent, la légèreté de ses pensées se faufilait au cœur d'intrigues amoureuses.
Déjà, il entendait les soupirs d'extase de Rachel à l'étage supérieur, ses cris étouffés proclamant le plaisir que Didier perpétuait par sa vivacité, à l'écoute attentive des besoins de l'amante.
A quinze heures précises, Victor émergea de son sommeil diurne, le cerveau moins reposé que d'habitude, fit qu'il ne tarda pas à appeler Rachel.
- Rachel, vous êtes là, Didier est-il parti ?
- Je suis là, monsieur, Didier dîtes vous, il n'y a personne !
- Je fais erreur, pardonnez-moi.
Rachel n'insista pas sur ce court instant confusionnel.

Elle s'inquiéta par rapport à la dernière visite du médecin, qui le trouva fatigué, et pensa : << pourvu qu'il ne fasse pas un début d'Alzheimer>>

- Vous voulez sortir à présent, monsieur, il fait beau, profitez-en.

- Sortons, Rachel, reprit Victor, n'oubliez pas cette fois mon journal.

- Je sais, celui à part du quotidien, vous lirez une surprise d'intérêt.

- Pour une fois ! Enfin, je vous crois, comme dans les rêves fugitifs…

Au bras de Rachel, chaque jour, au rythme des quatre saisons, le vieil homme poursuivit sa longévité, la faiblesse eut raison de ses forces qui provoquait l'abandon du rêve autour de ses fantasmes.

Un long voyage, le conviait à partir renonçant à toute fiction.

Victor Poisson tournait la page, sans bruit, dans la discrétion de sa vie même, et prenait le billet du paradis convoité.

L'élue de Venise

Elle avait coutume de s'endormir dans ses bras.
Toujours, à la même heure, le sommeil l'emportait avec une extrême rapidité.
Juste avant de s'assoupir, dans les derniers instants de vigilance, elle murmurait:
<< Bonne nuit mon chéri >>.
Il répliquait, tout en caressant son corps avec infinie tendresse:
<< Bonne nuit, Laura, fais de beaux rêves >>.
Elle soupirait alors à l'écoute de ses paroles, sentait en elle monter le frisson du désir.
Les yeux fermés, leurs lèvres s'approchaient, sans franchir les limites de la tentation.
Pourtant chaque soir, elle devenait plus importante, amplifiée par l'excitation manifeste des corps rapprochés, de l'odeur sensuelle de leur peau.
Déjà plusieurs mois, que l'amour les avait réunis, plaçant son piège avec la régularité d'un métronome.
En général, Jacques lisait plus tard au milieu de la nuit avancée, puis en évitant le moindre bruit, éteignait la lampe de chevet de son coté.
Il percevait son corps chaud, qui se mouvait avec légèreté, pour trouver une position au creux de sa poitrine.
Dans un souffle court, émis par sa bouche entrouverte, Laura s'abandonnait, rassurée de se sentir protégée, apaisée par les caresses dont elle appréciait l'onctuosité.
Elle dormait comme une enfant, transportée par le marchand de rêves qui allait bientôt passer.

Demain, dès sept heures, le radio réveil mettrait un terme au bien être enjôleur de la nuit, rappel brutal d'une certaine réalité, entrecoupé de nouvelles et chansons, comme pour mieux préparer son organisme aux variations de la vie active.

Son corps relaxé, imbibé de suavité multiple, il lui arrivait de dire: << J'ai fait un rêve bizarre, confus, tu semblais ne plus être à mes cotés >>.

Jacques, répondait avec nonchalance encore endormi : << Tu sais les rêves, il faut en prendre et en laisser >>.

Quelques instants après, l'un et l'autre s'enveloppaient de câlins, puis le silence faisait place à la lumière tamisée de la chambre.

Laura, assise au bord du lit réveillait son corps endolori, en étirant ses bras derrière son dos, d'autres mouvements se succédaient, de rotations de la tête, puis d'un bond disparaissait avec un signe de la main qui signifiait : à tout à l'heure.

Ainsi était la vie quotidienne de Laura et Jacques, un couple similaire à d'autres couples, décidé à conjurer le mauvais sort, la tragédie réciproque dont ils furent les victimes, au-delà des critiques, des jugements, dont ils continuaient à être la cible.

Sans à aucun moment culpabiliser, ils entendaient préserver leur jardin secret, animés par le seul désir de retrouver le bonheur.

Désormais, conscients, il y avait dans leur regard quelque chose d'inséparable.

Laura ne cessait de penser au plaisir partagé qu'elle ressentait, parfois au regret qu'elle n'ait pu l'éprouver plus vite.

Ainsi était faite la vie, avec sa positivité et sa réserve d'heureuses et inattendues surprises au cours d'un passage de mansuétude.

Laura venait de passer le cap de la cinquantaine, passage difficile pour une femme, ayant traversé des années de joie et de profondes désillusions.

Souvent s'était glissé un voile d'amertume qu'à aucun moment elle n'avait laissé paraître sur son visage au sourire naturel.

Seuls comptaient pour elle ses deux enfants, garçon et fille, aux prénoms de Léa et Bernard, sa bouffée d'oxygène, clamait-elle.

En dehors d'eux, des amis(e) sûrs, quant à sa vie intime elle ressemblait depuis longtemps à l'image d'une plage désertée en hiver, où seule la mer, au gré des marées se souvenait de son corps.

Arriva le jour où elle rencontra Jacques, au moment opportun, car la fadeur de la solitude pesait de plus en plus, peut-être aussi la conscience dans son esprit d'autre idée de parcours.

Le désir progressif de la conviction de ne plus rester seule, s'installa, elle devait se résoudre à changer de vie.

Prudente, elle avait dit à Jacques: << je t'attendais, je pense, je crois, sans trop de précipitation, je fondais un espoir sur ta démarche >>.

En entendant ses propos, il souriait, la fixait, sans un mot.

Dans la foulée, elle rajoutait: << Ne m'en veux pas, j'aurai des moments de doute,où le besoin de confiance se manifestera;c'est lié à mon passé et mes années d'indépendance depuis l'évènement.

Jacques, sortait alors de sa réserve verbale, il répondait: << Pas d'inquiétude, je n'arrive pas dans ta vie pour perturber les choses, nous laisserons le temps faire son chemin, concilier l'idée de vivre en couple >>.

Laura, écoutait attentive les paroles prononcées par

son compagnon, amant désormais des étonnantes heures qu'elle vivaient, dont elle se savait imprégnée.

Fermant les yeux, elle se laissait bercer par le temps présent, imaginait le futur au bout duquel surgirait la "flamme" qu'on appelle l'amour avec le suprême espoir de longévité.

De ce fait, elle entendait concrétiser le départ d'une nouvelle vie par la surprise d'un voyage lumineux, un endroit où l'on va, pour clamer et retenir le bonheur.

Un pays, l'Italie, une ville, Venise, s'imposèrent à elle, toute la magie du bonheur devait se refléter dans ses eaux, le long du Grand Canal, cernée par le faste de l'architecture des nombreux palais, au passé prodigieux.

Que de couples en séjour à Venise au cours des siècles, pour respirer le parfum de son éternité, renforcer leur amour passionné, que d'amants appelés pour vivre avec intensité la profondeur des sentiments, qui demeurent quelque part dans leur fragilité.

Laura, ne s'inquiéta pas de ne plus apercevoir Jacques qui la suivait à quelques mètres avec un regard en apparence détaché, mais où se faufilait parfois une lueur de jalousie lorsqu'un homme insistant ne la quittait plus des yeux.

En homme amoureux, son oeil brillait de vigilance concernant la femme attirante, qui depuis quelques mois, partageait sa vie.

Une vie chanceuse cette fois, que pour rien au monde il ne laisserait à d'autres avec un certain aplomb d'égocentrisme.

Emu, par la façon dont elle s'était donné à lui, sans

restriction, il admettait le droit à Laura d'une légitime liberté.
Liberté d'un couple nouvellement formé, arborant une confiance mutuelle, en plein accord sur les limites à ne pas franchir.
Laura, devant l'hôtel Danieli à deux pas du Palais des Doges, eut cette pensée subite en voyant l'embrasement que prodiguait le début du carnaval.
Etait-ce à son insu, ou avait-elle dans une pulsion audacieuse voulue le perdre en se mêlant à la foule devenue très compacte ?
Lui-même, par une sorte de jeu en cette circonstance de fête, n'avait-il pas voulu laisser s'exprimer les choses dans leur ressenti instantané?
Tant et si bien, que l'un et l'autre se trouvaient dispersés avec l'interrogation sur le réel désir de la situation présente.

Laura, décida de revenir sur ses pas et se retrouva "Piazza San Marco" en peu de temps, sous les arcades envahie de monde, aux abords du café "Florian" et de ses célèbres salons d'époque, où vinrent tant de célébrités attirés par des rencontres impromptues, ou encore confirmer la passion d'amours tumultueuses.
Parmi elles, des écrivains reconnus, non désintéressés par la beauté féminine, qui pouvaient être aussi à la recherche de l'inspiration absente, et éprouver en même temps le plaisir incomparable du lieu mythique.
Une foule immense affluait aux sons des musiques différentes, mélangée parmi les hommes et les femmes costumés, scellés au grandiose de la fête, parfois avec une vision d'égarement, de secret dissimulé derrière leur masque où le visage

imperceptible entretenait le sens du mystère.

Seul un regard atténué mais visible, permettait de constater la couleur des yeux, l'éclat et leur intensité, en fonction de la joie canalisée, du plaisir indicible de se montrer aux autres dans toute sa splendeur.

Les applaudissements et cris d'enthousiasme se répandaient, un bonheur élargi, partagé au coeur du public s'élevait comme une énorme rumeur dont Laura se sentait enveloppée.

Quelques instants après, attirée par une main ferme à laquelle elle ne résistait pas, Laura devenait sous l'emprise d'un homme qui très vite la rassura, par la douceur de sa voix et les paroles prononcées à son égard.

Sa voix chaude trouva les mots pour écarter toute angoisse abusive, d'un autre coté l'attitude de Laura dénuée de résistance n'invoquait-elle pas un pressentiment déjà identifié ?

L'homme lui dit avec sérénité, teinté d'un léger accent

- Bonsoir Signora, permettez, je vous emmène au "Florian" vous verrez c'est un endroit magique !

- Monsieur, je suis sous le charme, mais qui êtes-vous pour vouloir m'enlever de cette façon ?

- Chut! Ne craignez rien, laissez vous bercer par la fête, il n'y a pas réponse un soir de carnaval, surtout à Venise, signora.

- Vous devez bien penser, que je ne suis pas venue seule à Venise !

- Vous me le confirmez, Signora, vous allez le retrouver, c'est promis.

Elle le suivit, et n'offrit pas de résistance étonnamment, à chaque pas effectué vers l'entrée du "Florian" son interrogation se dissipa, comme envoûtée par l'agréable surprise d'un évènement inhabituel.

L'homme de taille moyenne, au costume magnifié, d'où émanait un regard brillant de désir, derrière son masque de couleur or, jouait de son pouvoir de persuasion.

<< Demain, plus tard, se disait-il, dans la vie courante, au long des périples communs, les masques tomberont assez vite, laissons donc les rêves nous transporter, là où ils le veulent avant d'être classés dans les souvenirs, à la période indiquée" irréaliste">>.

Au fond de lui-même, l'initiateur du moment ne savait vivre sans surprise, la vie devait avoir la saveur du piment, d'autant plus lors de circonstances propices à la joie, à l'étonnement de la situation inopinée.

L'homme dans sa prestance costumé franchissait l'entrée du "Florian ", suivi à l'écart par Laura à la fois perturbée et ravie de pénétrer à l'intérieur de ce lieu mythique.

L'un et l'autre passèrent devant les salles contiguës qui ressemblaient à des salons intimes.

Intimité qui convenait aux couples en mal de confidences, de déclarations enflammées, ou de méditation propre au rêve lors d'une journée carnavalesque.

Ils s'arrêtèrent dans l'un des salons, l'homme aux manières raffinées et étudiées, invita Laura à s'asseoir sur la banquette de velours rouge qui agrémentait le charme de l'endroit.

Impressionnée, Laura, regardait autour d'elle, ne voyait que des toilettes somptueuses qu'arboraient femmes et hommes, prenant la pause devant la table ronde de marbre, sur laquelle le serveur distingué venait de déposer le choix des consommations.

L'homme l'observait, et sortait de son silence calculé.

- Q'en pensez-vous, Signora, c'est beau cet endroit, non ?
- Oui, c'est magnifique! dit-elle, l'émotion dans la voix.
- Vous auriez eu tort de refuser!
- Tout de même, je suis intriguée, je ne comprends pas!
- L'intrigue, c'est Venise, Signora, il n'y a rien à comprendre! fit-il amusé.

L'histoire se déroule sur le thème du carnaval 2007.

Un des serveurs apportait à Laura le "Cappuccino" qu'elle avait commandé, la crème généreuse et onctueuse qui débordait de la tasse magnifiait son envie de le déguster sans plus attendre.

Appuyée avec élégance sur la table de marbre, elle fermait les yeux de plaisir, ses lèvres humidifiées par le goût incomparable du "Cappuccino" qui venait de lui être servi.

Elle tournait la tête de temps à autre, sans tenir compte de l'homme en face d'elle, admirant aux murs les glaces et peintures qui ornaient l'ensemble de la salle, illustrant les différents peuples aux figures costumés.

Le mystère s'épaississait assimilable au brouillard matinal qui se répandait sur la lagune, et nous laissait imaginer Venise et certains de ses illustres monuments. Comme chaque jour la proue avancée de la douane de mer, à la pointe de la Dogana, au bout du Dorsoduro, proche de l'église de la Salute, dont on découvre, face à elle, l'ouverture sur le Grand Canal.

En définitive, qui était l'homme arborant une fière assurance, à l'orgueil manifeste, convaincu de son pouvoir ?
Laura finit par quitter le "Florian" l'homme n'étant pas revenu vers elle, il l'avait salué au préalable avec respect, geste séducteur remarqué, pensant qu'il s'absentait quelques instants, puis le serveur vint la prévenir quelques minutes après que la note était réglée, que l'homme lui souhaitait une très agréable fin de carnaval avec son mari ou compagnon.
Elle avait eu à faire à un homme courtois, galant certes, mais qui manquait selon elle d'éducation, sa disparition subite n'invoquait pas que le carnaval!
Et si l'homme audacieux en apparence, avait eu peur d'elle?
Le regret, pour elle, peut-être, que ce ne fut qu'un jeu !
Son attitude en constante hésitation par la suite, avait-elle créée le changement brutal de son comportement ?
Etait-ce simplement une mise en scène temporaire, dans le but du pari d'un tombeur de femmes, qui se rassurait sur ses capacités, se sentant un coté téméraire d'un prétendu Casanova.
Laura risquait de ne jamais le savoir, d'ailleurs ses paroles revenait à sa mémoire:<< Signora il n'y a rien à comprendre >>
Saluée par les serveurs et chefs de salles, elle s'éclipsait avec discrétion parmi la cohue qui régnait à cette heure avancée de la nuit, où l'ambiance de la fête à son apogée s'avérait bruyante.
Déstabilisée par la situation cocasse dont elle devint le témoin involontaire, Laura n'eut qu'un souci omniprésent en tête, retrouver Jacques, où était-il à l'heure actuelle?

<< Sans doute, la recherchait-il, s'était-il adressé au bureau de police à deux pas du "Florian" sous les arcades >>

Dehors, elle respira à pleins poumons, parmi la foule moins dense, aux cris dispersés. L'angoisse perceptible sur son visage l'incita à accélérer le pas en direction de l'embarcadère, pour reprendre le"vaporetto" numéro un, à la station" Zaccaria San Marco".

Le dernier avant minuit, qui l'emmènera sur l'île du Lido à l'hôtel le Boulevard, où Jacques l'attendait, et avait fini par s'endormir ivre de fatigue et d'inquiétude après de vaines investigations.

Le "vaporetto" était au ponton, les derniers passagers se pressaient pour le rejoindre, Laura venait de passer une dernière fois devant le"Campanile", le Palais des Doges, et le célèbre hôtel Danieli où vécurent des amours tumultueuses, George Sand et Alfred de Musset.

La légende dit même, qu'au-delà de scènes mémorables, les murs en tremblent encore.

Laura s'imbibait de la nuit profonde, des éclats de lumière jaillissant de la féerie unique de Venise, de la brume qui recouvrait la lagune, sans la moindre perception du retour vers l'île du Lido, des derniers instants du séjour qui comblait ses espérances avant le départ fixé à demain.

Bientôt, elle n'entendit plus que le moteur assourdissant du "vaporetto"assise près d'un couple italien au verbe haut, somnolente, son corps relâché, malmené, subissant les chocs parfois violents de l'accostage à l'arrêt des différentes stations desservies.

Tout au long du trajet qui durait vingt minutes

environ, il en était ainsi, l'apaisement n'intervenant qu'au terminus à l'indication de l'Ile du Lido.

Laura débarquait, fatiguée mais heureuse, quelques centaines de mètres plus loin elle apercevrait l'avenue principale qui la conduirait à l'hôtel le Boulevard, un trois étoiles, luxueux et tranquille, où dans son bar raffiné siégeait des photos en noir et blanc des grandes stars internationales du cinéma, nommés Gina Lollobrigida ou Brut Lancaster.

Le réceptionniste au bel accent, et d'amabilité courtoise avec un sourire inégalable, la saluerait en lui remettant la clef de la chambre vingt-trois.

Discret, il ne s'étonnerait pas de la voir rentrer seule, sans doute avait-il déjà effectué le même geste peu de temps auparavant en face de Jacques.

Quoique le problème se posait, ils n'avaient eu qu'une clef, alors d'un seul coup Laura se voyait mal à l'aise, d'exprimer la raison d'arriver à part de Jacques, inventer, mentir, n'était pas son naturel, de plus elle voulait préserver son jardin secret.

Tard dans la nuit, elle sentit contre elle un corps au parfum qu'elle reconnut, aux gestes et caresses qui ne trompaient pas.

Elle se laissa porter par la vague ondoyante qui rythmait le moment de volupté, et le plaisir intense ressentis.

Laura à l'instant précis, était conquise, convaincue par la magie qu'exerçait la Cité des Doges.

Demeurait pour elle, l'énigme, son cerveau embrouillé ne permettait pas de la résoudre, l'interrogation s'apparentait en terme de frontière, entre rêve et réalité.

Elle ouvrit soudain les yeux, Jacques n'était pas à coté d'elle, par contre un bruit de lavabo provenait de la salle de bain, l'écoulement de l'eau révélait sa présence.
La porte s'ouvrit d'un coup, Jacques apparut une serviette de toilette nouée autour de son corps nu, l'eau ruisselant encore sur son torse glabre.
Bonjour ma chérie, tu t'es vite endormie, hier soir ! Lui dit-il.
Laura le fixait sans un mot, sans aucune réaction, la confusion, le doute s'emparait d'elle.
A l'extérieur, le bruit de la rue se manifestait, à la station des "vaporetto" de l'Ile du Lido à proximité, la corne de brume retentissait en alternance, on pouvait craindre un épais brouillard sur la lagune qui nécessitait la prudence en fonction du trafic important des ferries et autres bateaux.
Elle interrogea Jacques.
- Nous sommes rentrés de bonne heure, hier soir ?
- Il n'était pas très tard, tu étais épuisée, tu ne te souviens plus ?
- Non, pas vraiment, fit-elle.
- C'est vrai, que nous avions beaucoup marchés, et la foule !
- Cette foule qui marche, compacte, bruyante, aspirée par les appels unanimes de la fête, impressionnant spectacle !
Le reste tu l'as oublié, soupira Jacques.
- J'ai dû avoir un sommeil profond, je dors comme une marmotte, mon chéri !
- C'est étonnant de t'observer, pendant cette phase.
- Parce que tu m'as vue ?
- Evidemment, je m'endors toujours après toi.
Même hier soir ?
- Bien sûr, comme tous les soirs depuis que nous

sommes ensemble.
- Il faut que je prépare les bagages, chéri, je vais faire vite !
Jacques en s'habillant, se détourna vers Laura : Nous ne partons que demain, tu auras le temps ce soir, nous rentrerons plus tôt.
- Demain? Je croyais...je me trompe alors, qu'allons nous faire aujourd'hui?
- Eh! Oui, chérie, tu fais erreur, nous ne sommes que le 11 février !
- Continuons la fête, fit-elle, et si nous revêtions les habits de lumière aux couleurs flamboyantes pour nous intégrer au coeur du carnaval ?
- Les habits ? Tu veux les louer pour la journée avant notre départ ?
- J'aimerai beaucoup, pour vivre en vrai le flou vécu des dernières heures, prendre la pose comme les belles en laissant le suspense protégé derrière le masque.
- Si tu veux, pourquoi pas, ma colombine, je serai de nouveau ton chevalier servant, et séducteur en même temps.
- En tout bien, tout honneur, tu veux anticiper ton rêve, fit Jacques.
- Peut-être l'ai-je déjà réalisée, à ton propre insu! Soupira t-elle.
Dans une autre vie, que tu ne voyais plus embellie, nul doute.
Ils éclatèrent de rire, amusés par le jeu verbal qu'ils amplifiaient volontairement.

Le lendemain matin, la brume se levait avec parcimonie sur la lagune.

A bord du bateau taxi qui les conduisaient à l'aéroport de Venise, en compagnie d'Elisabeth la guide de l'agence de voyages chargé des transferts;Laura et Jacques fatigués et heureux concrétisaient le renforcement de sentiments profonds, la révélation d'un nouveau couple solidifié durant le séjour vénitien.

Pour eux, sans arrière-pensées et questions sur les rêves aléatoires, l'inconscient, ou la réalité, la magie de Venise venait d'opérer. Elle modifiait à chaque détour le long des canaux, sur le parcours sinueux du Grand Canal, le cours de toute incertitude. Ses eaux qui s'échouaient contre la pierre des palais et musées somptueux, au passage du courant provoqué par les déplacements des « vaporetto » et autres bateaux de tous transports, révélaient les fluctuations de la vie, la fixation du temps à travers les âges.

Les ruelles et rues visitées, aux places et quartiers populaires, affirmaient le sentiment du bonheur suspendu sur la ville envoûtante, où les couples entendaient l'écho de la promesse d'amour dans sa longévité.

C'est ce que Venise, murmura, dans le creux de l'oreille à Laura et Jacques, tous deux silencieux avant de la quitter.

Déjà, ils la survolaient, l'émotion provoquant le frisson qui s'infiltrait le long de leur corps, leurs mains se rencontraient, leurs doigts se serraient, Venise concentrée, aux toits de tuiles orangées, cernée par ses canaux et la lagune, disparaissait de leur regard comme ensevelie par la vision progressive du brouillard qui la protégeait de l'échéance du temps.

**L'unique espoir s'empara d'eux, celui d'y revenir un jour.
Car Venise incitait à la redécouvrir, amante passionnée, elle ne cessait d'interpeller l'emprise de la séduction.**

Les passages de la Dame en noir

Je l'apercevais chaque jour, qui arrivait de son pas lent, mesuré, pour aller s'asseoir à l'endroit précis, choisi avec ponctualité, à la même heure, au fil des années.
Avec un rituel sans faille, elle s'asseyait sur le banc que protégeait un Ginko Bi loba bi centenaire, où apparaissait sur le tronc la mention de valeur de quarante écus.
Par temps très chaud, l'ombre de l'arbre l'enveloppait d'une fraîcheur bienveillante.
En retrait de l'allée passagère, vêtue de son ciré noir, un foulard uni sur la tête, elle déposait sur le banc le sac plastic qui contenait des revues.
Après un regard furtif sur l'environnement, elle extirpait de son sac un hebdomadaire féminin, ou le journal local.
Sereine, elle prenait de la distance face aux désagréments et nuisances de la ville.
Le quartier où elle devait résider était en proie au bruit permanent, à l'impuissance des responsables de la ville qui se réfugiait dans un discours de faiblesse en face d'un phénomène de société.
Les pétitions n'y faisaient rien, seul point rassurant, les hommes en uniforme avec leur chien qui circulaient de jour, avec espacée, une ronde de nuit.
De nuit, hélas, les drames s'accumulaient depuis quelques mois, des incendies volontaires ou dû à l'inconscience brisaient la vie de la jeunesse.

A son âge avancé, le bruit et la foule l'incommodaient, ses forces s'amenuisaient, elle si résistante auparavant constatait cette lente dégradation physique.
Comme beaucoup d'autres personnes à son âge, c'était ce qu'elle redoutait le plus.
Perdre l'autonomie de ses mouvements, ne plus pouvoir venir avec aisance dans le jardin de ses rêves que représentait le Thabor.
Le Thabor jonché de parterres de fleurs avec ses variétés, ses couleurs en harmonie, entouré de bassins d'où émerge le jaillissement de l'eau, dans un bruit continu qui apaise l'ampleur de l'angoisse.
L'angoisse dont la cause est souvent la solitude, au bout de la route de la vie.
Mais, dans sa jeunesse, n'avait-elle pas vécue quelque chose d'inoubliable, ici dans ce parc ?
Le secret depuis longtemps, blotti dans la zone sélective de sa mémoire, n'allait-il pas ressurgir ?
De quoi peut-être lui évoquer de doux souvenirs, lui redonner quelques instants de plaisir à la perception de sa jeunesse !

Lorsqu'elle faisait le bilan de sa vie, ponctué par le travail, peu de satisfactions émergeaient du chemin gravi dans les difficultés.
La maison de ses rêves, même modeste, n'avait pu se réaliser, l'accès à l'emprunt impossible, dû au manque de confiance sur ses ressources, quant au garant éventuel, le silence désigna sa réponse.
Quelques rares loisirs demeuraient dans ses souvenirs, une sortie à Saint-Malo qu'elle aimait, l'air de la mer qu'elle respirait à pleins poumons en bloquant son thorax comme pour mieux l'emporter, le garder jusqu'au prochain voyage hypothétique.

Dans l'autorail de l'époque, qui la ramenait à Rennes, elle fermait les yeux, l'odeur des embruns frémissait encore autour de ses narines.

En dehors de cette brève escapade, il lui arrivait de temps à autre grâce à quelque économie, de s'offrir une séance de cinéma, films rétros sur la vie d'autrefois qui rappelait la valeur des choses.
De quoi faire méditer la jeunesse d'aujourd'hui, avide de plaisirs multiples et constants, la société de loisirs éloignée des réalités, face à une génération méconnaissant la souffrance et les privations.
Même chez les plus modestes, les parents silencieux, s'évertuaient dans un murmure commun, à trouver la récompense, plaisir dérisoire apprécié dans le contexte de la pauvreté.
De ce fait, elle comprenait mal le comportement des jeunes ; par ailleurs son adhésion à leur évolution, l'augmentation de leur niveau d'études, le confort de vie mis à leur disposition obtenaient gain de cause à ses yeux.
En même temps, pourtant apolitique, elle en accusait les discours amplifiés de promesses qui se consumaient sous des cendres d'utopie.
D'un autre coté, elle devenait avec sa bonté leur avocate.
Introvertie, elle dénonçait le gaspillage, le gâchis de tous ordres, qui semait sa révolte intérieure.
<<Si de notre temps, nous avions fait cela ! >>
Femme discrète, elle gardait ses opinions face à son voisinage, au peu d'amis qui la côtoyait avec assiduité.

Soucieuse de préserver sa tranquillité au milieu de sa solitude quotidienne, elle acceptait à la fois les joies et les difficultés inhérentes à cette situation.

Sans aucun animal de compagnie, pourtant elle aimait les chats, l'absence de contrainte semblait guider ses actes quotidiens.

Rester libre, avec pour seul agrément, les journaux, les revues, qu'elle trimballait dans un sac plastic, puis qu'elle posait sur le banc avant d'entamer sa lecture.

Une lecture assidue de quelques heures, parfois jusqu'à la tombée du jour.

Interrompue par le passage d'un enfant aux cris débordant de vitalité.

D'adultes au verbe fort, au ton professoral, de couples d'amoureux qui prenaient la pose pour des photos devant les parterres de fleurs ; entourés par l'indifférence de gens assis accaparés eux aussi par une saine lecture.

D'autres, avachis, sur les chaises à disposition fermaient les yeux, venus là pour s'offrir le plaisir gratuit des rayons du soleil, la vue de leur bronzage le soir dans la glace perpétuait les souvenirs de vacances.

Quant à la dame au ciré noir, la première rencontre dont je me souviens, fut rue Saint Melaine, un jour banal comme les autres où par hasard nous prenions la même direction.

Ma curiosité m'avait entraîné proche de la rue d'Antrain où se situait auparavant le Four à Ban , restaurant de qualité que tenaient de véritables professionnels, fauchés en pleine gloire par l'injustice et la bêtise administrative au nom de la mesure de précaution.

D'ailleurs, un texte émouvant rédigé par leurs soins à l'attention des clients, se trouvait affiché à l'entrée de l'ex-établissement.

C'est ici, que nous avions passé ma femme et moi une soirée d'anniversaire, dans le calme feutré, allié au raffinement de la cuisine française et son bon goût, de la joie partagée.

Combatifs, ils ressurgiront, nul doute du néant, la revanche à bout de bras sur le mauvais sort de la vie.

Une nouvelle enseigne, faite de simplicité, d'éveil de l'œil au passage, attirant la fidélité de certains clients réjouis de constater leur nouveau souffle, après la période en apnée.

La dame en noir marchait toujours devant moi, de son pas régulier, elle franchissait le passage piétonnier face à l'église Saint Melaine, avant d'atteindre la grille d'entrée principale du Thabor.

Sur les gravillons de l'allée bordée de marronniers, elle ralentit pour réajuster son foulard, en se détournant j'aperçus son visage émacié, aux joues rosées, marquées de petits vaisseaux prêts à se dilater sous l'effet de la chaleur ou du froid.

Proche d'elle, avec discrétion, je pus évaluer son âge qui avoisinait sans doute les quatre vingt ans.

A la hauteur du manège « Zébulon » surtout le mercredi, elle s'arrêta quelques secondes, pour observer les enfants qui tournaient aux commandes de leur rêve sous l'œil attendri des parents.

Par la suite, j'eus confirmation qu'elle habitait dans le Haut des Lices, Place Saint-Michel, au second étage d'un appartement ancien, dont l'immeuble à la façade rénovée se situait rue Rallier Du Baty.

Au rez-de-chaussée se situait une officine à la devanture de mosaïque bleue, qu'éclairait une croix verte.

C'était à cet endroit, que son père préparateur en pharmacie, délivra pendant près de quarante ans les ordonnances prescrites, et les produits conseils en vente libre.

Chaque samedi, elle ouvrait sa fenêtre dans toute sa largeur en poussant la crémone contre le mur, pour mieux laisser pénétrer le bruit que dispersait la foule ; harangué par les marchands, soucieux de vendre suffisamment en quelques heures de marché.

A longueur d'année, le succès du marché des Lices retentissait au-delà des régions, les hebdomadaires en parlant de Rennes relataient son importance.

Le nez à sa fenêtre, elle humait les odeurs qui montaient des étales, visions de fruits et légumes, de fleurs multicolores, que les clients souvent en couples s'empressaient de ranger dans des paniers tenus galamment par les maris.

Certains accomplissaient leur acte de compassion, d'autres peut-être la façon sournoise d'éclipser quelque infidélité récente.

Quant à la majorité d'entre eux, le plaisir d'accompagnement se rattachait à la qualité des achats en relation avec les fins palais, le désir de la bonne table y trouvait son bonheur.

Des femmes seules perpétuaient l'agrément du samedi matin, un rare moment de détente à l'écart des soucis de la vie familiale.

Dès l'automne, les journées plus courtes annonçaient les prémices de l'hiver, les visites de la dame en noir s'espaçaient lors des jours de grand froid ou de pluie incessante.

Elle réapparaissait portée par un rayon de soleil qui s'infiltrait entre les arbres dénudés en partie, d'où les feuilles tombées, répandues sur le sol, formaient un tapis jaune et roux.

Tête baissée, elle regardait ses pas s'imprégner de ces couleurs, émerveillée comme une enfant qui découvrait un cadeau ; ensuite elle effectuait un passage devant l'orangerie, un bref regard lui suffisait.

Les jardiniers de la ville la saluaient en relevant la tête à son approche, la modification des parterres de fleurs apportée par leurs soins, augurait la perspective du changement de saison.

Avait-elle été mariée ?

Avait-elle eu des d'enfants, des petits enfants ?

Le mystère demeurait autour d'elle, sauf un jour où l'un des gardiens du parc fut interpellé par un homme, un lecteur assidu des après midis cléments.

_Excusez-moi, monsieur, je ne vois plus la dame en noir, qui s'asseyait souvent sur le banc, juste en dessous du Ginko Bi loba ?

-Vous la connaissiez ? Fit le gardien.

-Il y a très longtemps, je l'ai connu, elle semblait ne pas se souvenir de moi !

-Vous ne lui avez jamais adressé la parole ?

-Non, c'est bête je n'osai pas.

-Vous êtes timide à votre âge ? Dit le gardien en souriant.

-C'est à dire… Elle fut jadis mon premier amour, vous comprenez !

-Son nom vous l'avez oublié ?

-Même son prénom, je serai incapable de vous le citer.

-Attendez, je crois bien qu'elle s'appelle Portier. Précisa le gardien.

-Portier ! Dîtes vous, alors c'est Judith son prénom.
-Vous voyez, la mémoire vous est revenue !
-Je ne sais comment vous remercier, monsieur, c'est formidable !
-Je vous en prie, il est vrai que nous la voyons moins depuis quelque temps !
-Peut-être a- t- elle rejoint une maison de retraite ?
-Je ne saurai vous dire ! Sans doute, oui.
-Bien, je vais continuer ma ronde, au plaisir monsieur.
-Merci beaucoup pour votre amabilité.

Le gardien démarra son vélomoteur, sous le regard ému de l'homme âgé.

Plus loin, il rencontra un collègue, et se mirent à parler :
-Dis donc, tu te souviens d'une femme en noir qui s'asseyait toujours sous l'arbre en face de l'orangerie ?
-Oui, je vois de qui il s'agit, pourquoi ?
-Le monsieur là bas, occupé à lire, me demandait de ses nouvelles.
-Elle est décédée, il y a peu de temps.
-Ah ! Bon, heureusement qu'il l'ignore, le pauvre.
-Je l'ai appris par hasard, morte subitement chez elle.
-Il la croit en maison de retraite, sans être affirmatif.
-Si c'était une amie, à son âge vaut mieux le préserver du choc.
-C'était plus qu'une amie, souligna l'autre gardien.

L'homme âgé, un livre à la main droite, s'aidait d'une canne pour marcher ; le dos légèrement voûté, l'élégance discrète, l'ensemble de sa personne lui donnait encore fière allure.

Se parlant à voix basse : << Dix ans, plus jeune que moi, elle doit être en Maison de Retraite ou Foyer logement.

A moins que Judith soit souffrante, ses bronches étaient fragiles dans le temps >>.

Il continua son chemin, à chaque pas son propos, son analyse de la situation plausible le rassurait, par contre la revoir lui aurait fait un immense plaisir.

Il arrive un passage dans la vie où les exigences naturelles s'estompent, cédant la place à un comportement apaisé, presque serein devant la fatalité.

<< Et dire que je l'avais demandé en mariage, sa réponse fut négative.

Jamais elle n'a du franchir le pas des sentiments, a-t-elle regrettée plus tard ? >>

Etienne, se souvenait avec vigueur du coup de foudre pour la jeune fille qui le fascinait à l'époque, à en perdre le sommeil durant plusieurs nuits.

Il se serait bien vu en couple avec Judith, la femme de sa vie avec certitude.

Par la suite, le destin en décida autrement, à présent veuf il s'étonna de repenser aux choses de sa jeunesse.

Sans doute, qu'au bout de la route s'inscrit le bilan des choix décisifs, des choix avortés, on ne sait trop pour quelle raison.

Les jours, les semaines passèrent, la silhouette de la Dame en Noir pour Etienne, ne réapparut pas, le banc à l'endroit du Ginko Bi loba resta désert, seuls des jeunes vinrent s'asseoir dans l'ignorance de leur histoire au même âge.

Un soir d'été, alors que le soleil couchant nacrait l'orangerie, le gardien de service du parc remarqua quelque chose d'insolite laissé sur le banc, un oubli pensa t- il d'un promeneur.

Un papier transparent protégeait trois roses de couleur rouge, aux corolles de velours, agrafée en coin, une carte de visite sur laquelle était écrit : << A mon amour de jeunesse. Le seul qui comptât pour moi. Signé Etienne B. >>.

On ne revit jamais Etienne, sa silhouette élégante parcourir le parc du Thabor, son fantôme erra dans les allées, aperçu certains soirs dans différentes allées sous la clarté crépusculaire.

On pût imaginer, qu'il s'inquiétât de renouveler sa demande en mariage à Judith.

Là bas, très loin, dans le champ rêvé de coquelicots abondants, au milieu des herbes folles, les couples s'abandonnèrent, avec le sentiment que le refus n'existât plus.

Les Tomates au sucre

Le rhododendron avec ses fleurs épanouies d'un rose pâle illuminait le coin abrité de la loggia.
Assis à son bureau, les coudes reposés à même le bois verni, les bras tendus dont les mains soutenaient le visage rougi par leur pression, il demeurait au centre d'une profonde méditation.
Les souvenirs de jeunesse affluaient comme pour recouvrir ses pensées, les voiler, comparable à la brume qui enveloppe certains jours la mer de façon subite, obscurcissant le paysage maritime qui par progression, lente ou rapide finit par atteindre une partielle opacité.
Sans doute que la mémoire d'un père revenait en force, ou cherchait-elle à recréer les instants marquants de sa présence, au cours d'une vie qui fut courte.
Parmi les souvenirs, se glissait comme une présence envoûtante la période de l'automne.
Saison de prédilection à ses yeux, ne fut-ce que pour les couleurs changeantes au regard des arbres, dont les feuilles suspendues à chaque branche finissent au fil des jours par passer du jaune au roux, tombant sur le sol refroidi pour former un paysage, décorer des chemins aux variations mêlées que sublime le relief incomparable de chaque région.

La vision de la fête annuelle de la Saint Luc à Dol, présente dans son esprit, le ramena quelque cinquante ans dans le passé, lui l'homme de l'avenir dont la motivation principale fut le renouvellement de projets permanent.

On dit souvent qu'en avançant dans la vie, les images de l'enfance ressurgissent avec force, comme si ayant posé leurs bagages à un moment précis, elles se souvenaient d'un oubli sur un des quais de la vie.
Car quelque soit notre philosophie, nous attendons tous plus ou moins un train, aux horaires incertains, à la vitesse non précisée, à la destination non identifiée, dans l'espoir qu'il nous transporte vers la gare d'un bonheur hypothétique.
Son évocation permet, ne serait-ce qu'un instant, d'écarter nos récentes désillusions, notre amertume face aux évènements douloureux du quotidien.
Un jardin secret où l'on trouve un refuge pour des minutes plus apaisantes.

Alberto à dix ans, accompagnait son père à bicyclette sur le parcours vallonné qui traversait d'énormes champs de choux fleurs, dont la distance aller et retour avoisinait les cinquante kilomètres qui les séparaient de la localité de départ.
La toute première fois qu'il effectuait un trajet aussi long, heureux, mais inquiet, au regard croisé de sa maman tremblante de peur, qui contestait cette tentative.
A l'effet de cette pensée une intense émotion traversa son esprit, des détails précis sur la souffrance endurée ce jour-là affluèrent, la mémoire parut avec exactitude cajoler le temps et posséder le don du vécu instantané, imbibée d'une magie fulgurante du retour en arrière.
L'aller ne lui avait posé aucun problème, la joie de suivre son père dans le même rythme de pédalage, le propulsa sans effort sur le parcours, aidé par quelques descentes qui facilitèrent sa récupération,

le dotèrent d'une force nouvelle pour trouver le second souffle indispensable.
Au retour, la fatigue prît de l'ampleur au fil des kilomètres, son inexpérience se heurta à la résistance physique, il éprouva la vraie difficulté du coup de pédale devenu plus lourd, les jambes tournant moins vite, contrarié par le vent contraire qui s'opposa à leur puissance.
Les côtes se présentèrent devant son regard moins lucide, trouble par l'effort jugé surhumain face à l'importance du défi.
Le guidon de la bicyclette malmené par la diminution des forces, risqua à tout instant de se mettre en travers provoquant ainsi la chute.
Heureusement, par miracle celle-ci n'intervint pas.
Le moral faiblissait, malgré les encouragements répétés de son père, les conseils prodigués ne suffisant plus.
-Allez, champion, abrite-toi bien derrière moi, pour couper le vent, nous sommes presque arrivés !
-J'ai plus de force, papa, je veux m'arrêter !
-Bon, d'accord, une petite pause, sinon ça va être plus dur après.
-Tu verras, fiston, ça va renforcer ton endurance, toi qui veux faire plus tard le Tour de France !
-Je ne sais pas, si c'est aussi dur, dit l'enfant.
Au fond de lui, il rêvait quand même de maillot jaune.
Le père souriait, gardait le silence, dissimulait sa fierté devant l'effort demandé auquel l'enfant répondait avec courage.

Le courage, le père connaissait, lorsque jeune homme il abandonnait son pays, sa fiancée bouleversée, en proie au désespoir, consolée par des mots de promesse de retour au pays, l'argent nécessaire en poche ; puis la vie ailleurs qui transforme l'amour, la découverte d'une autre passion, de l'évènement non désiré qui vous affuble du rôle difficile de père, avec devant soi l'engagement des responsabilités.

Pendant ce temps, au bout de la péninsule ibérique, dans un village accolé à l'atlantique, battu par les vents et la colère de l'océan, inquiète et résignée, Fatima, se soumet au fouet de la dictature du Général Salazar.

Tout le peuple portugais subira la même oppression pendant quarante ans, dans une misère qui décida beaucoup d'entre eux à fuir le pays, afin de retrouver leur dignité d'être humain, de vivre avec décence du fruit de leur travail, leur orgueil refléta le courage à sa juste valeur.

Et puis, pour l'homme immigré, la liberté retrouvée en France, l'accès au métier de menuisier-charpentier, avec les trajets à bicyclette au-delà des cent kilomètres pour économiser l'argent du salaire dérisoire. Mais, au bout de la peine, la récompense, un fils impatient qui attendra chaque jour sur le pas de la porte, le retour du père.

Qui se souviendra longtemps de ce visage creusé, livide, le front perlant de sueur, souvent détrempé par la pluie cinglante des mauvais jours à sa descente de bicyclette.

A présent, était-ce raisonnable, de penser performance en face de ce corps d'enfant au début de sa croissance ?

La Maman s'opposait avec fermeté à cette forme d'apprentissage, d'où les fréquentes disputes à ce sujet.

Comme toutes les mères, ou la plupart, un protectionnisme exagéré la révoltait de façon excessive.

Ils venaient de passer le canal de la Fresnais, là où le père déposait ses lignes la veille, placées d'une rive à l'autre, dans l'espoir que la nuit les anguilles seraient pris au piège.
Deux cordes moyennes, camouflées dans l'eau pour ne pas attirer l'attention d'autres pêcheurs ; le lendemain, avec son fils, de nouveau sur le terrain au lever du soleil, la joie s'emparait d'eux lorsque que par chance la pêche s'avérait exceptionnelle.
Déjà, ils pensaient au futur repas, à la friture de poisson dans la poêle qui titillait leur odorat, caressait leur langue de la fine saveur.
Puis, d'autres scènes s'imposèrent à sa mémoire, martelant le refus de l'oubli.
Voulaient-elles affiner les interrogations posées, avec le recul de l'âge ?
L'homme sexagénaire fondait l'espoir que peut-être la relation père, fils, dans le cadre d'un vécu par lui-même, pourrait plus tard intéresser ses enfants, petits enfants, certitude osée qu'il s'octroyait à la pensée d'un cadeau pour les siens.
Leur communiquer la lueur entrevue, dans une vie éclair, suffisamment puissante pour que sa lumière brille encore aujourd'hui, gardant les instantanés que la mémoire fixe, ferme à deux tours de clé dans un endroit protégé de votre cerveau.
Cela, l'homme discret, s'apprêtait à en faire la révélation.

Le père divorcé, habitait le rez-de-chaussée d'une maison située boulevard Robert Surcouf, une seule pièce occupée qui s'ouvrait sur un jardinet par une fenêtre à deux ouvertures en forme de rotonde ; où se dressait à cet endroit presque collée au mur la table unique pour les repas.

La propriétaire, mademoiselle Brouard, célibataire endurcie, estimait beaucoup son locataire, elle lui trouvait même à son grand étonnement vu le milieu modeste de l'homme, une culture insoupçonnée empreint d'une facilité d'éloquence surprenante.

De longues conversations mêlées à la vie, de son pays d'origine, de sa situation d'immigré, vinrent égayer l'existence solitaire, la monotonie des jours de mademoiselle Brouard

Puis, arriva ce que l'homme lui révéla, l'existence d'un fils qui viendrait le voir de temps en temps, peut-être même avec sa permission coucherait t-il ici dans cette pièce unique de location.

Il disait << mon fil à la patte, qui m'interdit de faire n'importe quoi>>

Ce dont mademoiselle Brouard, accorda tout de suite la possibilité, voyant le bonheur temporaire que l'homme lui exprima avec tant de sincérité, et de désir visible sur son visage tourmenté.

Elle savait aussi la maladie de l'homme, en soins par période nécessaire lorsque les crises devenaient inévitables malgré le régime, les traitements, combien d'années cela durerait-il ?

Le travail à temps plein, intermittent, l'arrêt complet, l'hospitalisation, autant de phases successives qui voyait la maladie progresser en laissant à son gré quelques plages limitées d'éclaircies.

-Vous savez, mademoiselle, qu'avant cet accident, ma santé était florissante, j'allais sur les chantiers à plus de cent kilomètres, à bicyclette.

Je faisais ma journée, ensuite je reprenais la route par tous les temps, pour rentrer au domicile.
-Et votre femme à l'époque, que disait-elle ?
-Ma femme ! J'aurai dû l'écouter, elle me disait de rester comme les autres compagnons à l'hôtel pour me reposer.
-Elle avait raison, vous deviez être très fatigué, précisa mademoiselle Broutard
-Certes oui. Je savais que mon fils m'attendait sur le pas de la porte, à ce moment là, je ne sentais plus ma fatigue.
-Depuis votre divorce, ce petit, a pris une place encore plus importante dans votre vie, rien d'anormal bien au contraire.
-Vous savez, moi qui n'ai pas eu d'enfant, je conçois ça très bien, à une époque j'ai eu des regrets concernant la maternité ; à présent vieillissante, la raison l'a emporté, il y a des jours où la solitude pèse davantage, où la pensée culmine vers le sommet d'un désir refoulé, jadis, qui n'est plus d'actualité.
-En plus, de vous à moi, aurai-je supporté un mari à temps plein ?
Suite, à cette affirmation, les regards s'illuminèrent de malice, porte drapeau du goût marqué pour l'indépendance, succédant à l'instant nostalgique du désir maternel refoulé.
Mademoiselle Brouard, le ton grave, baissait le regard vers le parquet de la pièce, l'homme, son locataire, adhérait aux sentiments exprimés avec tant de sensibilité dans la voix, qui quelque part dénotait le << si c'était à refaire, agirai-je, ainsi >>
Ne pas vivre sur des regrets, telle demeure la devise qu'on eut dû accepter.
N'était-ce pas là, l'interrogation générale, sur nos actes passés, sur le temps qui s'écoule invalidant

notre jeunesse, accélérant notre approche du dénuement, après avoir masqué les heures, les années, dont on eut la faiblesse de croire à l'immobilisme.

Eternelles, comme les montagnes, dans leur environnement statique, qui paraissent figées depuis des siècles sur le chemin de l'invincibilité, malgré la lente érosion qui bouleverse la planète à cause du réchauffement de la terre, en partie accéléré par la stupidité et l'inconscience des hommes.

En écoutant sa propriétaire, l'homme se disait que lui aussi, si le don de prédiction éclairait sa destinée, il agirait de façon différente, surtout en ayant soin de ne plus commettre les mêmes erreurs.

A ce sujet, aurait-il accepté de cohabiter avec la fille de sa femme ?

La mésentente si elle s'engouffra dans une voie sans issue, ne serait, nul doute, apparut que plus tard, si l'apparition émergea d'une probabilité ou de quelconque certitude.

Provocation ou pulsion incontrôlée, de part et d'autre, qui provoqua le gâchis en marche sur le chemin de l'incompréhension, de l'inévitable débâcle aux allures de violence psychique et physique.

Violence, qui enclencha dans son tumulte le processus d'une procédure grave, avec dans sa finalité une sanction sans appel.

Le retrait d'une plainte, lourde de conséquences en cas d'application, évita le drame plus déchirant pour l'enfant, quoique trop jeune à cette période, il n'eut pût s'en rendre compte ; ce ne fut que plus tard, qu'il sortit du monde inconscient pour découvrir la joie éphémère d'un père affectueux.

Cependant, dut-il payer toute sa vie les causes du drame ambigu dont il ne fut pas le témoin direct ?
Non. Alberto, crut à sa propre analyse, en tenant compte des deux versions de faits invoqués.
La complexité de la situation en face des réponses fournies, opta en faveur du couple uni qu'il imagina toute sa vie, au travers des seuls témoins que représentèrent les photographies à sa disposition.
Photographies, qui démontrèrent entre ses mains, le bonheur flagrant dans sa stabilité du moment.
Convaincu que la personne, loin de s'effacer, désintégra le bonheur du couple aux prémices de sa vie intime, dénué de formation suffisante au regard d'événements fragiles.
Un couple, avait-il toujours pensé, ressent le besoin d'apprentissage dans l'étude conjointe de ses affinités, l'égoïsme devenant nécessaire tant qu'il ne s'établit pas d'osmose, face à l'ennemi qui revêt le spectre du passé.
Souvent, un passé lourd, envahi de peines, perturbe le rapprochement rapide, les efforts effectués demandent du temps, l'envie d'un vécu heureux ne doit pas occulter l'aspect positif, même s'il fut moindre dans la vie antérieure.
La tentation pour beaucoup d'êtres aux abords d'une nouvelle existence, ressemble à l'oubli de la part de bonheur qu'ils ont connu ; même modérée elle a versé ses moments de rêve, même si le doute installé, fragilisée dans ses élans, a conduit à l'échec.

Mademoiselle Brouard, se leva, s'excusant pour son bavardage excessif, pour une rare fois, elle sentit un interlocuteur à sa portée, c'est-à-dire quelqu'un qui l'écoutait avec attention, qui semblait la comprendre sur sa perception de la vie, un homme pondéré connaissant à juste cause les problèmes humains.

L'homme seul à présent, fit le tour de la pièce pour se dégourdir les jambes, s'appliqua à quelque rangement, son fils n'allant pas tarder à lui rendre visite.

Il alluma une cigarette, une gauloise bleu, le plaisir des ouvriers du bâtiment, de la couche sociale modeste, lors d'un moment de pause, le midi en mangeant, à la fin du travail après avoir revêtu la tenue de ville ; pour certains après un dernier verre au bar du coin avant de regagner le domicile.

Et puis cela se perpétue, l'habitude est prise même en congés, d'autant plus dans l'attente anxieuse de revoir son fils, ce fils qui lui manque atrocement au cours des journées qui paraissent interminables, malgré la compassion, la sollicitude de mademoiselle Brouard.

Ce soir, mardi, il doit rester complètement avec lui, coucher ici, avec l'accord de sa mère, comme convenu depuis leur divorce, le mercredi jour de repos scolaire, son père lui préparera des tomates au sucre en entrée ; l'enfant surpris la première fois redemandera à en manger, préparées de cette façon.

L'homme, de toute évidence appréciait ce temps de réelle émotion.

Une joie indicible qu'il intériorisait, car l'avenir lui paraissait indigne de confiance.

La cloche de l'école de la Nation (surnommée la Pie) ayant sonné, l'enfant mis ses affaires dans son cartable avec précipitation, bousculé par d'autres camarades il dévala à toute allure les marches de l'escalier, deux par deux, dans la cour il franchit la porte d'entrée débouchant sur la voie qualifiée d'impasse, qui se terminait par la cour, le préau de l'école des filles.

A partir de là, ayant tourné au bout de l'impasse sur la gauche, l'endroit de location du père se situait à cent mètres environ, au milieu du boulevard Robert Surcouf, aujourd'hui boulevard Henry Dunant.

L'enfant arriva à toute enjambée, frappa à la porte de son père qui lui ouvrit aussitôt, il n'eut pas le temps de l'embrasser, qu'il réclama déjà pour prendre le vélo de son père, de marque Métropole, au cadre de couleur verte, trop grand pour lui, même la selle abaissée le contraignait à pédaler souvent en danseuse. A peine la permission accordée, qu'il dévalait déjà le boulevard Robert Surcouf pour rejoindre à belle allure de coups de pédales le quartier de Constantine, la place où il faisait un circuit autour des arbres, à proximité des terrains de l'amicale des boulistes, comme s'il roulait sur la piste d'un vélodrome.

Souvent, d'autres copains le rejoignait pour disputer une course ; qui sous l'effet de la vitesse leur donnait des moments de joie, affublé de quelque frayeur, en rasant les arbres plantés autour de la place.

De temps à autre, une pause était nécessaire, l'espace de quelques minutes pour reprendre le souffle qui manquait, dans un thorax au soubresaut atténué par un repos de courte durée.

La sueur perlait sur leur front d'adolescent marqué par l'effort, leurs joues colorées que le sang répandait par chaque capillaire sous la peau, confirmait l'extrême jeunesse, la naturelle capacité de récupération.

Les années, passant, le temps devient l'exécuteur de nos possibilités, l'indicateur de telle autorisation, ou opposition selon ses statistiques, et surtout les signaux du corps qui précise sa vulnérabilité.
Il éclaire sur ce qui devient possible de faire, sur ce qu'on doit sans doute à regret abandonner, s'interposant envers ce qui était imaginable il y a quelques années, il somme la raison en face de notre propre désaccord.
Quartier de Constantine, où chaque année à date fixe la fête foraine venait égayer la localité, par son animation, ses musiques variées à l'approche des différents manèges, avec ses cris d'enfants, d'adultes, ayant le besoin hygiénique de s'amuser.
Chaque époque difficile a ressenti dans ces moments, l'impératif de s'amuser, de tomber dans l'excès, privation qui nécessitait l'étourdissement temporaire pour oublier.

L'homme attendait le retour de son fils, de temps en temps il regardait sa montre ; s'interrogeait sur son parcours, à savoir s'il n'avait pas eu un accident ; durant ces minutes soucieuses il avait eu le temps de préparer l'entrée du repas qu'il appréciait, les tomates au sucre.
Soudain, le bruit du portillon d'entrée vers le jardin claquait, le jeune garçon aux cheveux bruns à peine plus grand que le vélo de son père, arrivait en sueur précipitant la bicyclette contre le mur, où le guidon s'affaissait contre la porte d'accès à l'intérieur de la maison.
En l'ouvrant sur l'intérieur du palier, la pièce qu'occupait son père se situait tout de suite à gauche de l'entrée, il poussait la porte avec nervosité que la plupart du temps son père laissait ouverte, le

sachant dehors avec des retours parfois imprévisibles.
Le plus souvent, il restait de longues minutes à l'attendre par rapport à l'horaire convenu.
Ne voulant pas gâcher la joie qu'il fût là, il s'armait de patience en lisant le journal ou quelque livre d'histoire en portugais.
Puis, procédait à la préparation du dîner qui ne variait pas beaucoup, dont il se doutait que la vision du plat lui ferait plaisir.
Au bruit du grincement de la porte, il entrevoyait son arrivée imminente.
L'homme, avec un sourire à la fois admiratif et observateur, le laissait prendre place avant d'entamer toute conversation, surtout il ne lui posait aucune question, avec en arrière pensée, l'objectif de profiter de ces rares instants de bonheur.
Ensuite, il lui disait :<< Tu vas être content, je t'ai fait des tomates au sucre comme tu aimes bien.
L'enfant, le front humide de sueur après l'effort physique, lui répondait essoufflé : Tu m'as fait aussi des flocons d'avoine à la cannelle ?
Bien entendu, sinon tu aurais trouvé drôle. Ouais ! J'aime les deux tu sais >>
Tant d'années se sont écoulées depuis, l'enfance ne cesse de reproduire sa mémoire, d'inculquer par les sens, dont l'odorat, ses odeurs au parfum de souvenirs, son omniprésence, dont le baume constant imprègne le corps comme si les heures du passé venaient à peine d'éteindre leur lumière, refusaient toute incursion dans la pénombre d'un temps occulté.

La soirée se poursuivit dans l'apparente sérénité d'un instant heureux, de passage, le père parla à l'enfant de son pays, de son désir qu'il aille un jour y étudier, dans l'espoir qu'il apprenne quelques notions de sa langue, avant de prétendre à la maîtrise de conversations en portugais.

L'inattention de son fils le désarmait au point d'abandonner, et de remettre au lendemain la perspective de l'apprentissage.

Le père refermait ses livres, songeur, qu'il allait avec soin ranger dans un coin précis de l'unique armoire de la pièce.

L'armoire où l'enfant connaissait la cachette des bonbons au goût citron, orange, en forme de demi-lune, achetés chez l'épicière de la rue Danycan, qui protégés par un papier transparent s'agglutinait dans un grand bocal en verre. L'épicière plongeait sa main à l'intérieur du bocal pour les peser ensuite sur la balance, déjà l'enfant les comptait un à un les yeux brillants de gourmandise.

Souvent, elle demandait au père : << cent grammes, ça va aller, monsieur ?

Il répondait toujours de la même façon : Oui, vous savez, il va les manger en peu de temps >>

La commerçante souriait, amusée, et s'adressant à l'enfant : << Tu as de la chance d'avoir un papa comme ça, il te gâte >>

Intimidé, l'enfant ne disait rien, se blottissait contre son père la tête inclinée.

Très vite, l'enfant s'endormit dans le vaste lit du père, accolé au mur proche de la cheminée, le regardant dans son sommeil, dans la quiétude de l'enfance, il s'interrogea sur son avenir.

Sa maladie l'immobilisait, trop à son gré, lui permettant quelques bribes d'optimisme dans ces périodes où comme avant l'espoir ressurgissait par une lueur trop brève.

L'espoir de gagner de l'argent par ce métier manuel qu'il exerçait depuis sa jeunesse au Portugal, perpétué en France, sur les chantiers où la main-d'œuvre recherchée offrait la possibilité à l'époque, d'un métier stable, d'accès libre aux heures supplémentaires, car peu rémunérateur.

La vie en France plus agréable, éloignée de la dictature lui procurait en outre de nouvelles relations, dont certains espagnols, arrivés ici pour la même cause qui devinrent de vrais amis.

En outre, ils parlaient dans leur langue maternelle, pour évoquer les conflits du monde, critiquer les régimes où les militaires avaient le pouvoir.

De temps à autre, les amis espagnols critiquaient la position politique française, l'ami portugais trouvait les mots pour leur faire la morale, indiquant qu'il ne devait pas juger un pays d'accueil.

Considérer que sur un sol étranger, ce fut une chance de pouvoir vivre dans de meilleures conditions.

Le bâtiment en plein essor, dans les années 1950-60, consécutif aux destructions de la guerre, recrutait des hommes solides, à la résistance inégalée, n'ayant aucune crainte de l'effort.

Il fut de ceux-là, un chauffard par temps de pluie vint briser son avenir en quelques secondes, il percuta son corps, le fragilisa à vie, le rendit vulnérable, le faucha à l'âge où un homme se sentît en pleine possession de ses moyens.

Il n'avait pas cinquante ans, et n'eut pas le temps de voir les années imprimer sur son visage les rides qu'embellissent beaucoup d'hommes et de femmes.

Même si ces dernières réfutent cet état de fait, pour corriger par le miracle des soins esthétiques qui cache, d'après elles, le vieillissement inélégant, pourtant non dénué de charme.
L'homme, lui, sans se poser des questions superflues, jugeait les marques de la maladie irréversible qui creusaient leur sillon, imposaient la blancheur, la maigreur du visage qui se transformait au fil des jours.
L'enfant qui dormait à coté de lui boulevard Robert Surcouf, dû apprendre très tôt la réalité de la vie, c'est sans doute pour cela que plus tard sans appréhension qu'il devint conscient de l'éphémère des choses.

Pendant que des années plus tard, il écoutait chaque matin le fado du pays de son père, en particulier « corpo iluminado » de Cristina Branco, devenu adulte il entendait l'écho nostalgique de sa voix lui annoncer ce jour-là. << Tu sais, je vais repartir travailler à Paris, ma santé va mieux, je dois gagner de l'argent pour te payer des études à Lisbonne, je t'écrirai >>
Des lettres dans les mois qui suivirent avec régularité s'accumulèrent, portant le message d'espoir renouvelé, d'un père à son fils, criant tout l'amour du monde pour le seul lien auquel il se rattachait ; l'avenir dans les moments de transparente croyance qu'il désirait avec lui, la peur qu'il puisse le quitter avant de parvenir à son souhait accentuait son émotion, son hypersensibilité.
Si cela devait intervenir, il garderait le silence ne supportant pas de le revoir affaibli, de lui présenter ce corps amaigri, ces mains d'ouvrier d'accoutumée charnues, presque difformes, dont les os ressortis

augmentaient la longueur des doigts, prémices d'une lente fin prochaine.
Les analyses effectuées chaque semaine montraient de façon implacable les ravages du mal.
Il aurait voulu de sa propre bouche lui souffler, que dans la vie il y avait d'un coté, les vainqueurs, de l'autre, les vaincus, que le destin désigne les promus à une chance insolente, l'éclat du soleil inondant leur vie, les sans grade voués à l'ombre, au regard de l'indifférence, subissant le coup de sabre du malheur.
Que la vieillesse ne profite pas à tous, que la jeunesse passe aussi vite qu'un orage sur la mer, semé d'éclairs foudroyants, bref ou violent au hasard des saisons ; que la torpeur orageuse écrase l'équilibre du corps, attaqué, abandonné par ses défenses immunitaires.
Pendant ce temps-là, du coté de l'enfant, dans le silence morne, que d'interrogations suscitées ?

Jusqu'au jour, où Estelle la maman, reçu un télégramme en provenance d'un hôpital de la région parisienne, la Seine et Oise à l'époque, celui-ci indiquait << Madame, prévenez votre fils que son papa est décédé, attendons vos instructions pour les formalités de l'enterrement. Condoléances >>
Alberto, se trouvait avec Thoby, un chauffeur-livreur de colis pharmaceutiques, qu'il aidait au moment de ses vacances scolaires, homme bourru, mais de cœur, qui lui donnait en personne un peu d'argent pour sa collaboration efficace.
Alberto, appréciait la bonhomie du personnage, gentil à son égard, qui certains jours d'angoisse s'imprégnait d'alcool pour mieux faire face à la vie

monotone qui l'accablait, dans le désordre d'une pièce unique où la clarté ne pénétrait jamais.

Au moment de certaines pauses en cours de tournée, il ne manquait pas de lui payer une limonade dans un bar de connaissance, parfois il devenait raisonnable et prenait la même chose en serrant ses mains, comme satisfait de son acte de bravoure face au démon qui le tourmentait.

Une ou deux fois, il lui était arrivé de prendre le volant, qu'il dirigeait mal à l'aise, de la place du passager, Thoby s'assoupissait par intermittence pendant la conduite ; par chance il se réveillait au bon moment pour freiner à temps en vue du stationnement avec un sourire d'admiration vers Alberto, qui sauvait la situation périlleuse dans la rue fréquentée.

A l'arrêt, il se frottait les mains tout en essuyant avec une large serviette son front dégoulinant de sueur, d'un geste machinal, il renvoyait la serviette humide derrière son siège, disait avant de descendre << Allez, mon bonhomme, tu vas m'attendre, il n'y a qu'un petit colis, chez le prochain pharmacien tu livreras avec moi >>

Le plus pénible pour Alberto à cet instant, consistait à respirer la désagréable odeur de transpiration qui régnait dans l'habitacle, son geste instinctif de baisser la glace apportait une salutaire bouffée d'oxygène.

Le gosse se souvenait de l'apprentissage de la conduite, une camionnette Peugeot 203 bâchée, au volant duquel il fit ses premières armes, sur l'esplanade de la ville qui se situait à deux pas de la mer.

A cet endroit tranquille à l'époque, sans crainte de perturber la circulation ou le parking d'autres véhicules, sous les directives de Thoby, il s'initia à la maîtrise du véhicule et aux différentes manœuvres indispensables.

Au regard de quelques curieux, personne ne s'indigna des leçons de conduite qu'Alberto recevait de l'homme, au ventre digne d'une grossesse avancée chez une femme, à l'expression peu aimable lorsque par inadvertance quelqu'un le fixait avec insistance.

Comment peut- on –savoir, dans quelles conditions un homme parfois au cours de sa vie en vient à tomber si bas ?

Loin de toute vérité, le jugement devient inutile, il condamne à tort bien souvent.

Alberto, se souvient surtout de la détresse de cet homme chauffeur- livreur en pharmacie, à sa bonté, à la misère dans laquelle il vécut jusqu'à la fin de ses jours, délaissé par tous au cœur de la plus forte tempête.

Il se rappela aussi, qu'un jour de cafard particulier, il lui raconta l'origine de sa naissance, sa mère travaillant chez des châtelains dont le maître des lieux la viola, sans reconnaître son forfait, indifférent à la honte de sa mère enceinte par la suite, qui n'eut jamais le courage de porter plainte, d'avouer que non consentante, elle s'inclina dans la peur de perdre son emploi, consciente d'encourager le vice d'un puissant de la noblesse.

<< Tu vois, Alberto, je suis un bâtard, mon petit gars ! >>

Des larmes coulaient sur ses joues, plaie non fermée du secret de son enfance, dont le besoin de révélation étouffait le trop plein d'angoisse.

Le facteur n'apporta plus de lettres du père d'Alberto pendant des mois, l'inquiétude grandit chaque jour, la maman entrepris les démarches pour entrer en contact à la dernière adresse connue.
Un premier indice tomba, Francisco le père, hospitalisé depuis quelques mois, cacha à son fils l'aggravation de son mal, le silence l'emporta sur la décision d'expliquer les raisons de son mutisme.
Restait à Estelle, la difficile mission de trouver les mots conformes à l'apaisement d'Alberto.
Tranquillisée de façon temporaire, les nouvelles communiquées par l'hôpital se voulurent alarmantes ; donner à Alberto une lueur d'espoir sur le temps limité qui s'offre aux possibilités de le revoir.
Ne fusse-ce déjà pas trop tard ?
Le gamin questionnait de temps à autre << Pourquoi papa reste silencieux ?
La mère, dissimulant la violence des jours sombres lui répondait : Ton papa doit avoir beaucoup de travail sur les chantiers, il se repose le dimanche>>
Pour Alberto, c'était sans doute la raison, il n'empêchait que malgré l'innocence de son jeune age, un brin de scepticisme envahissait son esprit.
Persuadé au fond de lui-même que sa mère cachait quelque chose, les souffrances de son père son regard avait appris à les deviner.
Difficile pour un enfant pénétré d'un doute concernant l'existence d'un être cher, de savoir où la franchise révèle ses limites.
De mémoire les images affluaient, entre autre la (saudade) mélancolie de l'âme portugaise, les yeux du père, l'exprimait, plus d'une fois il perçut la tristesse sur son visage d'homme meurtri, passant aux aveux dans un profond soupir : <<Ce n'est pas

à ta mère que j'en veux, la cause de notre séparation vient d'ailleurs >>

Alberto, durant des années s'interrogea sur la phrase mystérieuse, la maturité permit de mieux appréhender la problématique des couples en présence d'une autre personne ; la vérité demeura hors d'atteinte, élaguée dans sa complexité.

Peut-être ne voulut-il pas, avec une volonté délibérée en entendre l'écho.

Aussi, pour préserver l'image de l'homme, dont il garderait le souvenir intact du départ sans bruit.

Alberto et Thoby attendaient le car qui arrivait de Rennes à proximité du café de la mairie.

Nous étions au mois d'Août 1956. Alberto venait d'avoir douze ans en février.

L'endroit formait une petite place où la camionnette avec la bâche ouverte à l'arrière stationnait, en attendant d'effectuer le tri des colis en provenance de la succursale de Rennes.

Une fois le car reparti, ils procédaient à l'alignement des colis derrière la camionnette par ordre de livraison, dans le sens de la tournée, modifié parfois en fonction d'un paquet urgent et de l'affinité du livreur avec un pharmacien récompensant son initiative par un pourboire.

Tous, n'étaient pas généreux loin de là, Thoby possédait son noyau de privilégiés sachant que leur geste de reconnaissance serait spontané.

Les vacances d'été débutaient, la maman d'Alberto confiait chaque jour son fils à Thoby préférant la compagnie d'un adulte qui lui apprendrait ce qu'est le travail, la valeur de l'argent, le goût de l'effort pour l'obtenir, elle le savait à ses dépends, un salaire dérisoire en effectuant des ménages chez les autres.

Elle, qui vécut une enfance dorée, trop vite meurtrie par le couperet de la destinée.

Ce midi là, occupé à classer les colis, Alberto ne vit pas sa mère approcher la tête baissée, le visage sombre, qui augurait une mauvaise nouvelle.
Elle se dirigea vers Thoby au premier abord, lui parla brièvement, avant de se diriger vers l'endroit où Alberto se tint, au milieu des colis ; au regard de sa mère, le pressentiment de quelque chose de grave pigmenta sa peau, dans un frisson digne d'un grand froid qui s'abattit sur lui.
Elle s'adressa à lui, le regard humide :
<< Alberto, j'ai reçu un télégramme de l'hôpital d'Orsay, ton papa est mort, nous partons tout de suite à Paris >>
L'enfant n'eut pas le temps de réaliser sur le moment, un choc ininterprétable le secoua, sa démarche à coté de sa mère pour remonter au logement parut celle d'un somnambule.
Il lui sembla même que son corps en déséquilibre frôla le mur des immeubles et des commerces le long de la rue ; par instant sur le parcours des trois cents mètres qui le séparait de la place au domicile, des piétons l'évitèrent, souriants à la vue de ce gamin inattentif, perdu dans quelque rêve.
Pouvaient-ils entrevoir le cauchemar qu'il vivait ?
Aucune question à sa mère ne lui vint à l'esprit, seul le verdict effroyable le troubla.
La cruauté de la vie l'interpellait quelque part, après le divorce de ses parents, la mort frappait à son tour un père dont la connaissance prévenante débutait, dont l'amplification atteindrait son apogée dans les années à venir.

Il ressentit déjà le vide, le manque d'une présence nécessaire à ses cotés, l'autre rôle indispensable du père, qu'il vérifia plus tard au cours de sa vie familiale.
Nul doute, que les expériences dramatiques enrichissent le vécu, fussent-elles au prix d'un bouleversant désordre affectif.

Le temps des préparatifs, ils prirent un train dans l'après-midi, le soir un cousin de la mère qui habitait à Paris dans le quartier de grenelle les attendaient à la gare Montparnasse, son accent de « Titi » » parisien emprunt de réconfort, dissipait ce soir là les pensées négatives d'Alberto.
Au quatrième étage de la rue Daniel Stern, dans la chambre partagée avec sa mère il eut du mal à s'endormir, noyant son chagrin à l'idée de l'image de la Tour Eiffel, proche, qui scintillait de mille feux dont la projection éclairait le ciel étoilé. Le métro de la station Dupleix diffusait son bruit sourd à intervalles réguliers, le freinage des rames au crissement de métal sur les rails, déchirait la nuit dans sa tentative d'assoupissement.
Le futur convaincrait Alberto, qu'il existât entre cette ville et lui, la plus belle du monde au regard des étrangers, une attirance presque fusionnelle, paradoxale, lié aux évènements forts de sa vie.
D'un coté, l'étonnante tristesse qui couvrait sa banlieue d'un linceul silencieux, surplombant la grisaille de ses pavillons bas recroquevillés sur l'aspect du malheur.
D'un autre, l'éclat d'une ville, capitale aux monuments sertis comme de véritables joyaux, protégé par un ciel de parade qui révélait dans son

ensemble la symétrie parfaite, la beauté, l'éclosion d'un spectacle unique.
Tel fut pour Alberto la découverte de Paris, que la mémoire fixa, intégrant l'émotion instantanée, imprégnée de souffrance par la présence brutale du chagrin.

L'averse de pluie redoublait, l'asphalte n'était plus qu'une mare d'eau où à chaque pas l'attention devenait permanente, pour éviter le mouillage du bas de leurs jambes, malgré que la pensée se mobilisât ailleurs.
Alberto et sa mère baissaient la tête, la pluie cinglait leur visage aux traits fatigués ; déjà la froideur de leur expression avant l'enterrement traduisait la pâleur, la dureté de la mort.
Hier, les propos de l'infirmière avaient déchiré Estelle, sans doute que dans l'instant présent à leur écoute, revoyait-elle les années bonheur avec la naissance d'Alberto, à un âge de sa vie de femme où la grossesse fut critique.
Quant à Alberto, son insistance, devenue plus tard de la ténacité, ne se rétractait pas face aux recommandations sensibles de l'infirmière qui le dissuadait de ne pas revoir son papa à la morgue, corps amaigri, yeux clos, sur le marbre froid de la vie éteinte.
Il retenait surtout de ses paroles, l'essentiel à ses yeux<< Tu sais, ton papa, t'a appelé plus de deux cents fois sur la fin, il m'a dit que tu voulais faire le Tour de France plus tard ! >>
Alberto, tétanisé par cette révélation, se sentit glacé jusqu'aux os, un frisson de douleur parcoura tout son corps.

Il comprit encore mieux l'importance de ses paroles lors de leurs sorties à bicyclette.
L'espoir secret qui l'habitait de voir son fils un jour devenir quelqu'un, contrairement à sa vie dissolue.
L'infirmière émue, lui tapotait la joue, inondée par les larmes qui coulaient, dans un brouillard il apercevait son visage de femme mûre.
<< Au revoir, Alberto, tu deviendras un homme, courageux comme ton papa >>

Un homme aux cheveux gris, traversa le cimetière par l'allée centrale, à un endroit précis il ralentit, marqua le pas, plein d'hésitation, puis se fixa devant un monument de reconnaissance.
Pas la moindre plaque, qui indiquait les dates de naissance(1907) de décès de Francisco(1956) même dans la mort il continuait à être l'étranger, l'anonyme, sur le sol français dont il avait défendu les valeurs tout en étant portugais de cœur.
A quelques mètres de là, une femme vêtue de noir, sans le châle sur la tête, ressemblait aux femmes anciennes du Portugal qui maintenaient la tradition du passé après la perte d'un être cher.
Elle se recueillait sur la tombe d'un des siens.
Des fleurs artificielles répandues sur la dalle en marbre rose, entouraient les nombreuses plaques, marques d'affections, regrets éternels, qui accompagnaient le défunt pour toujours.
Alberto, détourna son regard, ému par ces signes de reconnaissance.
Plus une trace, aucun signe du souvenir, une question l'interpella :<< Avait-il été à la hauteur du courage de cet homme, que fut son père ?

Ne méritait-il pas une sépulture digne de ce courage ? >>
Certes, la réponse accablait davantage la culpabilité de plusieurs circonstances dramatiques à l'époque.
L'administration avec ses règles de rigidité, se montra peu humaine, sacrifiant le respect de l'homme, face au règlement rigoureux, aux signes technocratiques d'un système aberrant.
Le petit garçon que représentait Alberto se montrait impuissant, de compréhension difficile face à l'application d'un acte ignoble, répréhensif à ses yeux plus tard d'adolescent.
Même les efforts décuplés de la maman furent vains, qui soutint le chagrin, l'honneur de son fils.

2006, un crochet par l'Essonne (en 1956, département de Seine et Oise).
Il ne pleuvait pas.
Le ciel bleu encerclait la banlieue égayée.
Les pavillons bas, mornes, avaient cédé la place à des immeubles d'architecture moderne.
La douleur s'appropriait une pause de consolation.
Les années de recul facilitaient ce sentiment d'apaisement.
Il regagna la sortie, l'ombre de la mémoire à ses cotés.
Elle l'accompagna une fois le portail franchit.
Il se doutait q'elle resterait sa compagne tout au long de sa vie.
Longtemps il marcha sur les traces presque visibles du passé.
Dans le ciel lézardé de couleur ocre, sur fond de crépuscule, le mystère s'élevait intact au dessus d'Orsay.

Alberto quittait la ville sachant qu'elle gardait un secret.

Cinquante ans après… Le bruit du train de banlieue à son approche, dégageait la même résonance.

Seuls les passagers qui en descendaient par dizaine, n'offraient plus le même visage de désespoir.

En vérité, la douleur atténuée par le temps, modifia la perception du climat de désolation dont Alberto fut englouti ce jour d'Août 1956.

A présent, trouvera t-il les mots justes pour expliquer les faits à ses propres enfants, devant la pertinence de leurs questions ?

Peut-être…L'essentiel, car le cœur de l'enfance demeure limpide. Comparable, à l'eau du torrent qui dévale de la montagne dans un rythme ininterrompu, où rien ne prédispose au tumulte quant à l'emballement de son cours, inexorable sur son passage.

Et, peut-être aussi, à son tour, qu'il créera la surprise en face d'eux, en leur préparant un jour des tomates au sucre pour l'entrée d'un repas, ne serait-ce que pour voir l'étonnement dans leurs yeux, suivi d'autres interrogations appropriées.

La Rencontre

François se trouvait place de la gare à Rennes au moment de l'orage.
Le ciel chargé de nuages traversé par les éclairs rendait l'avenue Janvier en face, aussi sombre qu'un jour d'hiver terne et pluvieux.
Nous étions au mois de Juin et approchions du jour de l'été et de la fête de la musique.
Le ciel, lourd de menace ne permettait pas de distinguer le bout de l'avenue Janvier, avec au fond en surplomb le Palais St Georges et sa façade blanche surmontée par de larges arcades qui resplendissait par beau temps.
Encore moins, la partie jardin, fleurie, aménagée avec soins, et les quelques bancs placés pour le repos des Rennais, situé devant le vaste monument aux accès par des portillons qui longeait la grille rue Gambetta y compris du côté de la rue Kléber plus bas.
Par miracle ce jour là, l'orage violent ne durait pas, en l'espace de quelques minutes la clarté réapparaissait et les rayons de soleil par bribes s'attardaient à sécher le bitume détrempé par l'averse foudroyante.
Les voitures en pleins phares, remontaient l'avenue Janvier dans un flot ininterrompu de circulation qu'avait freiné momentanément la puissance de l'orage.
Rennes de nouveau s'oxygénait, et retrouvait son visage de ville attrayante, son charme au niveau des artères principales, avec ses immeubles modernes et d'autres plus anciens rénovés avec goût.

François s'apprêtait à traverser la place de la gare, lorsqu'une voix aigue l'interpellait : - Pardonnez-moi, monsieur, vous êtes de Rennes ?
Il eut un regard méfiant vers une jeune femme au parapluie rose replié, qui le sollicitait, puis répondit : - En effet, cela fait plus de quarante ans. Un bail.
-Oh ! Je suis désolé, je dois aller à l'hôtel Mercure centre, vous pourriez m'indiquer l'endroit ?
-Bien entendu, mais lequel des trois hôtels Mercure, Rue Capitaine Maignan, Paul louis Courier, ou Lanjuinais ?
- Attendez, j'ai dû noter l'adresse sur un papier.
Elle sortit de la poche intérieure de son sac de voyage, un papier griffonné sur lequel était mentionnée l'adresse exacte : soulagée, elle indiqua Capitaine Maignan.
- Vous avez de la chance, c'est tout près, d'ici, dix minutes à peine, à pied vers le Colombier, fit François.
- Sympa, je n'aime pas trop prendre le taxi, pas plus les transports en commun, j'aime marcher.
-Vous avez raison, rien de tel pour la santé, malgré qu'à Rennes nous soyons gâtés avec le métro.
-Vous venez d'où, sans indiscrétion ?
-De Paris, dit-elle.
-Pratique le TGV n'est-ce pas.
-J'aime bien, je l'avoue.
Elle eut un sourire gracieux révélant la beauté de son visage de jeune femme blonde, et qui en même temps illumina l'éclat de ses yeux bleus.
-Je vous indique le Mercure, si vous voulez, proposa François.
-Avec plaisir, si je ne vous retarde pas, acquiesça t-elle.

-Hélas, non, personne ne m'attend.
 La jeune femme, ne répliqua pas, et sentit le moment de se présenter.
- Au fait, je m'appelle Sylvie, et vous ? - Moi, François, dit-il.
-Enchantée, François, je me sens rassurée avec vous.
-Vous pouvez, j'aime bien rendre service aux gens.
-Nous y allons, dit François.
- Je vous suis, merci encore de m'accompagner, puisque vous êtes libre.
Ils traversèrent la place, et empruntèrent le boulevard Magenta, pour atteindre les Champs Libres, monument architectural sur plusieurs étages, sorte de paquebot immobile dédié à la culture pour tous.
Tout en faisant davantage connaissance au cours de leur marche, François se prit au jeu du guide en lui soulignant ce qu'il était indispensable de voir à Rennes. Ainsi, en passant à proximité de l'esplanade De Gaulle, fréquentée par les piétons qui s'entrecroisaient et se dirigeaient vers les salles de cinéma Gaumont, il lui montra du doigt le « Liberté » où viennent se produire les plus grands artistes et stars de la chanson.
Elle n'avait d'yeux et d'écoute que pour ses indications, elle paraissait heureuse à la manière d'une première fois, d'une révélation à laquelle elle n'osait plus croire.
-Vous feriez un merveilleux guide, François, lui lança t-elle.
Il fut ému par ce compliment inattendu.
Arrivés devant l'hôtel Mercure, Rue Capitaine Maignan, il s'apprêta à la quitter, lorsqu'elle lui demanda de l'attendre quelques instants dans le hall de la réception.

François, n'avait pas eu le temps de réagir pour accepter ou refuser sa proposition, que déjà elle se trouvait face au réceptionniste pour donner son nom et demander son numéro de chambre.
Soudain, elle se retourna, clef en mains, lui fit un signe, et à voix haute lui cria : <<A tout de suite, juste le temps de poser mon bagage et de passer un coup de fil.
Sans aucun préjugé, obéissant, et quelque peu déstabilisé, il alla s'asseoir dans le hall en feuilletant quelques revues mises à la disposition des clients.
C'est alors que l'idée lui vint de lui parler, selon son temps libre, de découvrir en quelques heures les sites incontournables de Rennes.
Il verrait sa réaction, avec la méfiance d'arguments trop faciles qui puissent se confondre avec des intentions douteuses.
Mais n'avait-elle pas depuis la gare, jaugée son apparence ?
Tel n'était pas le but de François, malgré l'évidence du charme que Sylvie dégageait, dont il n'était pas insensible comme tout homme normal.
Elle avait l'âge d'être sa fille, il était vrai qu'aujourd'hui cela ne voulait plus rien dire.
Peut-être se confierait-elle sur le but de son séjour à Rennes ?
Il attendait avec une impatience non dénuée d'angoisse.
Plus longue que prévu, elle apparaissait enfin, radieuse, ayant changé de tenue, vêtue d'un jean, d'un corsage bleu nuit, avec sur ses épaules un blouson de la même couleur du pantalon.
- Désolée, de vous faire attendre, j'étais au téléphone avec mon compagnon.

- Je m'inquiétais. Comment se fait-il, il doit sans doute vous rejoindre ?
- Ce soir, tard, il prend l'avion à Lyon pour arriver à 20 heures à l'aéroport de Rennes- St Jacques, m'a-t-il dit.
- C'est un homme d'affaires ?
- Oui, il a plusieurs agences à superviser, dont Rennes tout récemment.
- Vous devez avoir peu de temps à passer ensemble ?
- Hélas, certains week-ends il ne rentre pas sur Paris.
- C'est un problème pour les jeunes couples. Dans quel arrondissement habitez-vous à Paris ?
- Rue Caulaincourt dans le dix-huitième, proche du cimetière Montmartre.
- Vous le rejoignez souvent, dans ces cas là.
- C'est la première fois que je viens à Rennes.

A l'instant même, François observa sur le visage de Sylvie, la marque passagère de la solitude momentanée, qu'elle voulait à tout prix chasser de son esprit.

Sans plus tarder, Sylvie demanda à François de lui montrer l'essentiel de Rennes, en quelques heures, sa compagnie devenue presque amicale lui procurait un réel plaisir.

Ce dont il accepta avec joie de son côté, avec l'avidité d'une journée ensoleillée qui se présentait soudain et remplissait de chaleur son cœur soudainement réjoui, en contraste avec sa vie monotone d'homme seul.

Ils se retrouvèrent, bientôt, après avoir pérégriné par le boulevard de la Liberté, la rue Jules Simon et la rue du Pré-Botté, dans la rue du Capitaine Dreyfus, pour accéder sur les quais par la passerelle

St Germain où l'on franchissait encore en centre ville une partie du canal de la Vilaine.
Il précisa à Sylvie, que tout l'axe central depuis des années avait été comblé pour satisfaire au besoin du stationnement des véhicules.
Elle n'en fut pas étonnée, habitant la Capitale où le problème devenait par endroits insoluble.
Longeant, ensuite, le quai Chateaubriand, ils se faufilèrent sur le trottoir parmi l'affluence, en direction de la République et ses arcades, pour tourner au coin de la rue d'Orléans vers la place de la Mairie qui donnait face à l'Opéra de Rennes.
Immense place piétonne, pavée, dénudée par endroit, où la foule des week-ends la martèle de ses pas, et dont l'architecture des ensembles avec l'horloge dominante de la mairie ravissent la plupart des visiteurs.
A deux pas, il l'entraîna vers la place du Parlement de Bretagne, autre haut lieu de Rennes, le joyau de la justice reconstruit avec minutie après le dramatique incendie de 1974.
Sylvie, admira les façades des immeubles qui formait ce quadrilatère au dessin parfait, avec sa pierre de tuffeau, encadrant le Palais de Justice et le square entouré d'un muret de granit, avec les quelques marches pour accéder aux bancs de pierre, où profitaient du soleil revenu après la courte apparition de l'orage, quelques habitants absorbés à lire une revue ou un livre.
L'heure venant, François décida d'emmener Sylvie à déjeuner dans le vieux Rennes, au bistro restaurant « Babylone » situé au 12 rue des Dames, à proximité de la cathédrale Saint Pierre, à deux pas du quartier des Lices qui méritait le détour pour l'évocation de son histoire.

D'une allure souple, elle l'accompagnait en silence, admirative d'une ville qu'elle découvrait en compagnie de quelqu'un qui lui semblait déjà être un ami de longue date.
Son sourire à son égard correspondait à un sentiment de quiétude, son regard marqué autour de ses yeux cernés d'ovale noir, exprimait la tranquillité d'esprit, et sa pensée imaginait qu'elle eût pu le suivre au bout du monde, tant il lui apportait le besoin de sérénité atteint jusqu'ici de façon relative avec Ludovic.
Dans un bref relâchement, ou acte volontaire, elle susurra le prénom de son compagnon, François eut l'attitude de quelqu'un qui n'avait pas entendu et enchaîna la conversation sur autre chose.
En tout premier but, il s'agissait de parler de Rennes, des endroits cultes, et non pas de rentrer dans la dérive insidieuse des propos qui mène à la vie privée.

Attablés au « Babylone » dans une ambiance simple et chaleureuse, entourés par le décor aux murs de pierre authentique, l'un et l'autre se décidèrent à unifier leurs goûts culinaires en choisissant une andouillette sauce moutarde.
François précisa à Sylvie :<<C'est une des meilleures préparations de Rennes.
Elle lui répliqua : << Tant mieux, j'adore, et je me sens bien ici.
- Je connais les patrons depuis des années, affirma François. A l'époque ils tenaient « Quai Ouest » place de Bretagne, et je passai de temps à autre prendre une boisson lors de mes pérégrinations en ville.

Ensuite, ayant créé, ici, rue des dames, j'ai continué à fréquenter leur établissement malgré mon habitation plus éloignée du centre.
-Je fais la même chose à Paris, pour tromper parfois l'ennui, soupira-t-elle.
- Encore vous, vous avez la jeunesse pour espérer dissiper la solitude.
- Je croyais en effet, mais il y a souvent des barrages au bonheur.
Le repas terminé et après avoir bu un café expresso, François insista pour régler la note avec une certaine gêne de la part de Sylvie.
Les patrons vinrent les saluer et leur souhaiter une bonne après-midi, avec un sourire naturel qu'arborent les vrais commerçants, assurés de la fidélisation d'une partie de leurs clients.
C'était le cas pour eux en majorité, et ils le méritaient.

Ils se dirigèrent vers la place des lices aux quelques immeubles à colombages, et François parla de l'important marché du samedi, haut en couleurs, où se retrouvait le monde hétéroclite Rennais, circulant parmi la foule d'acheteurs ou promeneurs occasionnels sous les cris disparates des vendeurs soucieux d'écouler leur marchandise.
La place Ste Anne traversée, près des bouquinistes et du manège d'enfants, ils prirent la direction de la rue St Melaine, rue étroite et pavée qui conduisait à l'église du même nom, où les quelques marches pour atteindre son parvis aboutissait à l'entrée principale de l'église.
Juste à côté, les grilles foncées du parc du Thabor et son portail largement ouvert au public qui donnait derrière l'ensemble de la préfecture, incitaient à la

fois à la curiosité et à la découverte reposante de la beauté du parc.
Ce que ne tarda pas à vérifier la visiteuse qu'était Sylvie, admirative devant le travail des jardiniers de la ville, et de la composition des parterres de fleurs multicolores face à l'orangerie.
Même admiration plus loin, quand elle franchît l'endroit réservé à la culture des roses où beaucoup de célébrités se voient gratifier d'une rose à leur nom, d'une couleur et d'une odeur qui se veut personnalisées.
La nuque inclinée sur les cervicales, son regard se perdait vers le sommet des cèdres et des sapins implantés depuis plusieurs siècles avec leurs branches déployés comme des bras ouverts au public, ou protecteurs d'une ombre parfois recherchée et salutaire lors des jours de plein soleil, ou de chaleur trop lourde.
- Il est magnifique ce parc, lâcha-t-elle.
- Il est le havre de paix et d'agrément des Rennais, ajouta François.
- Pas étonnant, soupira-t-elle.
Le temps passait, inexorable, il avait la fulgurance de l'éclair, la compagnie de Sylvie procurait à François les petits bonheurs au quotidien dont il mesurait l'intensité, où l'intervention impromptue dans sa vie ravissait le cœur d'un homme qui se sentait vieillir avec quelque morosité.
Leurs pas les dirigeaient vers la sortie rue Martenot, après avoir descendus les marches où se trouvaient assis les lycéens de Anne de Bretagne, plus occupés à flirter que d'adopter une attitude studieuse.
Mais, ne fallait-il pas, comme nous tous à leur âge, plus discrètement sans doute, que jeunesse se passât ?

Sous l'œil amusé, à la fois tolérant, de Sylvie, croisant le regard de François qui souriait en même temps, la pudeur du silence l'emportait sur les propos inutiles ou toute déduction superflue.
La ville traversée à pas accélérés par la rue Gambetta, l'avenue Janvier, et l'esplanade Charles de Gaulle, vaste place nue animée par la vue des cinémas Gaumont et de deux, trois autres commerces à l'enseigne de bar et restauration. La journée s'achevait sur l'interrogation de cette rencontre et du libre cours du hasard.
La sonnerie du portable retentit. D'un geste machinal et acrobatique, Sylvie le colla à son oreille. << Ce soir à 20h45, à l'aéroport de Rennes- St Jacques, tu prendras un taxi ? Oui, je t'attends à l'hôtel Mercure, j'ai hâte. Elle raccrocha, avec dans le regard un mélange de joie et de tendresse où dans l'expression passait un voile de mélancolie.
- C'est Ludovic, mon ami, il arrive tout à l'heure par l'avion de Lyon.
- Nous sommes presque arrivés, je vais vous laisser, fit françois.
- Merci, François, pour votre gentillesse et cette journée inoubliable.
- Ce fut un plaisir, Sylvie, de partager ces moments avec vous.
Elle l'embrassa avec spontanéité. Elle ouvrit son agenda à une page précise, lui glissa dans la main une petite carte de visite, avec son mail et téléphone à Paris.
Bientôt, elle disparut dans le hall d'entrée de l'hôtel Mercure, après qu'elle lui fit un signe de la main en guise d'adieu ou d'au revoir.
Son imagination bascula entre l'attitude du geste définitif, d'adieu, et le comportement du bras levé

où la main tendue laissait perceptible une nouvelle possibilité de rencontre dans le futur.

Dans la tête de François, la confusion s'installa, perturbé par un fait dont il avait du mal à évaluer sur le moment, l'importance ou la fugacité.

Des semaines passèrent. Avec hésitation, il décida de lui envoyer un mail qui dans un texte concis demandait de ses nouvelles.

La réponse fut rapide et brève, signé par Ludovic son ami.

Il spécifiait en deux lignes, que Sylvie avait quitté la France, pour s'occuper des enfants du tiers-monde, et comptait poursuivre le plus longtemps possible sa mission auprès d'eux dans les pays malmenée par les guerres, et quelque part parachever l'identification de sa vocation.

Le soir tombait sur Rennes, par la fenêtre qui s'ouvrait sur les toits environnants les ardoises des immeubles exposés en plein ciel noircissaient l'espoir que fondait en secret, François, sur une éventuelle et instable amitié.

Que s'était-il passé avec Ludovic ? Il ne le saura jamais, après tout, c'eut été préférable, la confirmation de la fragilité du bonheur le conforta soudain, même si la joie passée des quelques heures avec Sylvie réchauffait encore aujourd'hui son cœur convalescent.

Il prit conscience du problème qui évoluait au sein de nombreux jeunes couples, où vouloir tout posséder les amenaient trop souvent, sans concession, à la rupture prématurée.

Beaucoup plus tard, il s'endormit en pensant à sa vie antérieure.

Là, il se persuada du décalage des générations.

A l'évidence, la génération qui affrontait le monde hypermoderne, encore plus les futures générations, se complaisaient dans le cocon de l'individualité et le désastre visible d'un manque de communication.
Sylvie, sans l'avouer, ressentait le poids de l'absence régulière de Ludovic, pour raisons professionnelles, courir pour le voir quelques heures au week-end ne lui convenait plus, assurément.
A moins, qu'elle découvrit depuis peu, certains messages révélés sur les réseaux sociaux qu'utilisaient, Ludovic, et qu'une trahison s'y révéla à ses yeux.
La ponctualité de certaines addictions, ne mène t-elle pas à des risques inévitables, à une dangerosité flagrante ?
Les i-phones, les smart- phones, l'emportaient sur le plaisir de la discussion, le regard proche l'un de l'autre, le besoin tactile du couple s'effleurant la main ou la joue avec dans le geste tout l'amour exprimé, les corps rapprochés.
Les groupes formés, ne sont qu'illusion, le plongeon vers la solitude ne fait aucun doute et masque des carences affectives.
A qui la faute ? Peut-être sommes nous tous, responsables ? Sylvie de son côté avait emporté avec elle, la non-réponse.
Le choix d'aider la misère et la fragilité du monde, en particulier l'enfance, suggérait sa soif d'amour, et sans doute le besoin immédiat de la partager.
Ce n'était qu'une modeste victoire pour l'humanité, acquise en toute humilité, et soutenue par la réelle conviction de Sylvie qui dévoilait la spontanéité de sa générosité.
Une jeune femme, confrontée à un choix décisif, pour dissimuler l'amère déception des sentiments

qu'elle éprouvait, vis-à-vis de l'homme écarté de sa vie désormais.
Le chagrin s'évanouit à l'attention des causes justes, pensa-t-elle.

Regards

Elle est seule, désespérément seule, la question qu'elle se pose angoissée, Viendra-t-il ? Ils s'étaient entendus sur les conditions de refaire leur vie, au terme de longues conversations par téléphone au cours desquelles se révélèrent des points communs.
N'était-ce pas un rêve inaccessible après ces années de veuvage, peut-on regarder l'autre personne avec la même flamme intensive ?
La flamme qu'on a connue, dont l'extinction brutale provoque l'ombre sur les jours à venir.
Réflexion permanente que se pose Sarah après les heures de bonheur, calfeutrée dans les bras rassurants de Christophe.
A-t-elle le droit de penser à un autre homme ?
A-t-elle la force de ne plus culpabiliser, si cela devient le cas dans quelque temps.
Les images bouleversantes du drame affluent encore dans son esprit, le bruit d'un choc, d'un freinage brutal, retentissent dans sa tête, martelé par la rage de n'avoir pas su le convaincre de porter un casque de protection.
Et puis, le corps inerte dans sa pâleur morbide qu'elle revoit dans ses cauchemars, les yeux révulsés, les bras ballants détachés du corps, la paume des mains dirigée vers le ciel, dans l'incapacité de lui faire un dernier signe.
Ces mains, qui l'ont tant caressée, serrée dans leurs plus belles effusions.
Bonheur foudroyé en quelques minutes, au détour d'une route, lui le pratiquant chevronné, le

passionné de vélo, piégé sur des routes sinueuses qu'il connaissait par cœur.

Fauché par l'irresponsabilité, l'inconscience d'un chauffard obsédé par la priorité d'un rendez-vous professionnel, comme si la vie d'un homme n'eut pas d'importance à ses yeux.

Comme si l'appât du gain, ce sentiment d'avidité, devait occulter le respect d'autrui, radier à jamais la vie d'un être humain.

Quatre ans déjà, que Sarah lutte seule avec Morgane sa fille âgée de sept ans, le temps passe si vite, mais la mémoire de Christophe demeure omniprésente.

Quatre ans qu'elle repousse les avances d'hommes mariés, insatisfaits sexuellement, irrespectueux de son malheur, impudiques en face de son amour platonique avec l'homme de sa vie.

L'homme, avec qui elle ébauchait de constants projets pour assurer l'avenir de Morgane et sans doute l'espoir d'avoir un autre enfant.

Un petit frère pour Morgane qu'elle réclamait de temps à autre, et qui dissiperait ses caprices d'enfant unique.

Quatre ans de solitude imposée avec son poids cruel au quotidien, où le doute s'installe, inlassable, où les paroles, les images de l'être disparu reviennent en permanence, sorte de culte de la mémoire, réflexions sur la vie d'avant.

Puis, appréhensions sur celle à venir et la question essentielle : peut-on retrouver un bonheur similaire, ou simplement continuer à vivre dans l'ombre du souvenir ?

Et Morgane dans tout cela, dont le papa est parti pour un long voyage, comme on lui a suggéré.

Comprendrait-elle que sa maman soit en présence

d'un autre homme ?
La crainte de son regard, ses yeux interrogatifs, son incompréhension à la vue d'un autre homme.
La pensée de Sarah vogue, identique aux flots qu'elle aperçoit de sa fenêtre qui donne sur l'entrée du port.
Veillée, protégée, depuis des siècles par les tours St Nicolas et de la Chaîne, emblèmes et fierté de l'histoire de La Rochelle.
Il lui a toujours semblé que sa douleur s'atténue face au spectacle de la mer, du mouvement d'entrée et de sortie des bateaux qui vont s'amarrer au quai du vieux port, proche du Cours des Dames.
Et, poussés par le vent puissant selon l'importance des marées, ils prennent le large vers les îles, d'Oléron, de Ré, et de l'île d'Yeu, l'Atlantique à portée de vagues, horizon infini sur le monde de la découverte.
Coup de foudre simultané pour cette ville médiatisée à outrance, en dehors de ses Francofolies, les vedettes politiques s'en mêlant, avec la pierre de ses immeubles et maisons particulières ouvertes sur les cours intérieurs ou jardinets, ses arcades qui encerclent une grande partie du centre-ville, et protègent les boutiques par les rues du Palais, et la rue Chaudrier, qui aboutissent chacune à la place de Verdun.
Ensuite, on tourne par la Rue du Minage, après avoir délaissé à l'angle de cette rue la célèbre brasserie de la Paix. Ici même, Simenon s'y rendait à cheval, lorsqu'il résidait sur le département.
Longtemps, un anneau demeura fixé à même le sol comme preuve de ses visites régulières, de son assiduité dans ce lieu belle époque, où des photos d'acteurs jonchent les murs.

On peut toujours voir dans la brasserie les photos en noir et blanc, grand format, extraits de films tirés de ses romans, dont le testament Donnadieu, le bateau d'Emile avec entre autres, Lino Ventura au cœur de sa gloire d'acteur.

<< Te souviens-tu Christophe, de nos ballades sous les arcades, lorsque la pluie ou le vent fort selon la saison nous harcelaient, la protection de ces voûtes, des piliers, nous enchantaient, serrés l'un contre l'autre, tu adorais explorer les vitrines de toutes enseignes, tu te sentais à l'abri de tout >>

Même un jour, en surprise, tu m'emmenas dans un hôtel classé trois étoiles, dont la réception somptueuse aboutissait après avoir traversé un jardinet à la salle de restaurant.

Une autre salle conjointe succédait à celle-ci, où le matin étaient servis les petits déjeuners, sur des tables intimes toutes décorées de nappes blanches, avec au milieu de chaque table contenus dans un vase d'albâtre des fleurs de couleurs variées.

Ce qui te faisais dire : un jour quand nous serons libérés de nos contraintes, si tu le veux, nous viendrons vivre à la Rochelle, ton regard se détournait vers moi, presque certain de ma réponse.

Aujourd'hui, émue par le souvenir de tes paroles, perpétuant le respect de ton désir, je suis venue m'installer à l'endroit que tu aurais choisi, je le sais, face au rempart encadré par les tours de la Chaîne et de la Lanterne.

Notre amour aurait atteint son apogée, à présent désemparée par ton départ prématuré, le plus dur est de songer à un avenir sans toi, que je dois construire guidé par ta lumière indéfectible.

Sarah écrase sa cigarette dans le cendrier posé sur le guéridon, avant de se détourner elle observe les

promeneurs sur l'espace étroit du rempart qu'elle domine de son appartement, concentré en une surface réduite d'une seule pièce qui diffuse la clarté.
Quelques curieux tentent un regard indiscret pour mieux discerner son intérieur, elle en a l'habitude et n'y fait plus attention, compréhensive elle reconnaît le privilège de résider sur le trajet mythique qui relie les tours de la Chaîne et la Lanterne, ancrées dans l'histoire de La Rochelle et inséparables du temps.
Sarah marqua un sourire envahi d'indulgence, la circulation des piétons lui offre un spectacle, qui atténue parfois la solitude pesante au cours de la journée sur cette partie de rempart très fréquentée.
Rempart, longeant la Rue sur les Murs, au sol irrégulier, aux pierres arrondies, ressenties sous le pied des visiteurs comme une oscillation du corps, un mouvement d'ondulation des vagues créé par la houle à la sortie du port, accentué par le vent venant du large.
Le spectacle de ces gens inconnus au défilé permanent à la haute saison, aux week-ends ensoleillés de l'hiver, devant ses yeux, ne règle en rien le masque de la solitude qu'elle arbore, qu'elle ressent au plus profond de son être.
Elle demeure fidèle à la mémoire de Christophe, car rien ne s'efface, même avec le temps, l'emprise d'une vie commune intense, du passé, s'octroie la priorité du souvenir.
Mais, à l'opposé, sa vie solitaire ne devient-elle pas insupportable ?
Bien sûr, il y a Morgane, l'objet de toutes ses attentions de mère, le fruit d'un amour passionnel.
Fallait-il, pour autant, se couper de l'avenir, en

associant dans la pensée le sien et celui de Morgane ?

Oui, certes, elle retournait, lors de ses nuits d'insomnies, la question harcelante, John, son frère ne l'incitait-il pas à réfléchir sur ce sujet !

John, un frère envahissant, plaintif, égocentrique, qui ne voyait pas la misère du monde, et ne cessait avec impudeur de s'apitoyer sur son propre sort.

Tout était prétexte, pour s'ingérer dans sa vie, lui téléphonant pendant des heures, sous prétexte d'inquiétude pour elle, quant à son état psychique, au contrôle permanent de son mode de vie, de conseils inappropriés, mais aussi de jalouser son aisance financière.

A présent, seule, le procès dont elle se rendait coupable, s'assimilait à sa capacité de réaction, à la volonté de s'en sortir sans l'avis de quiconque, encore moins ceux de son frère, ou quel que soit un autre membre de la famille.

Sa décision prise, plus rien ne l'arrêtera, avec l'objectif de garder les instants de bonheur en fuite, la présence de l'homme dont l'ombre la côtoie, et la guide comme si son âme réglait la douceur des jours à venir.

Tel apparaît son but, vis à vis duquel elle n'entend pas se soustraire.

Question inéluctable que Sarah ressasse avant de prendre la décision énergique, mûrement réfléchie, à laquelle se rattache son avenir, avec sa fille Morgane.

Morgane avait neuf ans quand Christophe disparut tragiquement, ces années de vie commune furent imprégnées d'amour, de traces indélébiles partagées à trois.

Elle savait, que côtoyer un autre homme serait

difficile, un long apprentissage de compréhension mutuelle devait être la base intangible d'une incertaine histoire, où serait annoncée la continuité de la vie à deux sur un autre chemin.

Plusieurs rencontres récentes avec Florian l'avait persuadé de points communs, plus jeune qu'elle de quatre ans, elle ressentait sa souffrance, sa détresse exprimée, suite à son divorce, sa fille Marie, n'avait que huit ans au moment de la séparation avec sa femme.

C'était la première fois que Sarah recevait Florian dans son appartement de La Rochelle, la réciproque ne s'était pas encore produite, habitant à Nantes dans une maison à son goût, au fond d'une impasse tranquille, appelée Paul Verlaine, qu'abritait un palmier en plein centre du jardin.

Une maison, dotée d'une large baie, faisant office de salle à manger, salon, et ayant en retrait de la pièce, un coin bureau où la lumière du jour et les rayons du soleil pénétraient à des heures judicieuses.

Florian, aimait les moments de quiétude à cet endroit, et y passer de longues minutes en attendant la présence réconfortante de Marie, et les besoins formulés d'affection que lui vouait sa fille.

Sarah, préfère ce choix pour l'instant.

Que fait-il. Va-t-il renoncer au dernier moment ?

L'inquiétude la gagne, est-ce déjà ce que l'on peut appeler, une certaine forme d'attachement ?

Christophe en photo sur le meuble secrétaire prise ce jour-là plage de la Concurrence, semble la préserver de tout acte hésitant par son sourire radieux qui embrasse l'ensemble de la pièce.

Il parait même l'encourager du regard, l'inciter à ne pas demeurer seule avec Morgane.

Sarah finit par s'asseoir, impatiente.

A l'extérieur, les promeneurs se multiplient sur le rempart, les yeux voyeurs, curieux d'apercevoir non pas la beauté de l'entrée du port, mais l'intimité des résidents de ces demeures de rêve pour beaucoup inaccessibles.
Cela lui évoque la période estivale, juillet en particulier, où comme la plupart des propriétaires, elle fuit son domicile, à cause des désagréments provoqués par les Francofolies l'événement musical de l'année.
Sarah adore la musique, y compris certains chanteurs de variétés, mais pas le bruit excessif.
Elle aime les textes poétiques, style Cabrel, et dans un autre genre, les chansons très réalistes aux belles mélodies de Michel Delpech.
Chaque minute de sa vie amputée à l'aube de l'hiver, est une pensée vers Christophe, elle pressent sa protection, son influence à guider ses pas, ses choix ; atteinte en plein cœur de son bonheur, elle n'ose plus regarder les couples qui s'en vont main dans la main, vers ce qu'ils croient de durable.
En quelques mois, elle a appris à un âge où la vie est sensée commencer (quarante-deux ans) que l'illusion nous entoure, nous traque, sur des chemins embaumeurs qu'entoure l'éphémère.

Chaque matin, sa douleur physique se réveille en même temps que son corps s'étire, dans un geste d'automatismes sa main cherche la « poire » de la lampe de chevet, la lumière tamisée diffuse en partie le coin chambre qui inonde davantage sa solitude morale.
Son subconscient prononce les paroles qu'elles expriment et destinent à Christophe, dans l'espoir

qu'il l'entende, qu'il comprenne son intention de vie sans équivalence avec l'essence de leur passé, mais dans un but rejoignant la sérénité et l'équilibre pour Morgane.
Sarah croit à cette voix intérieure qui la rassure au-delà du malheur.
Curieux destin que le sien, des années oubliées la mette en présence d'un jeune homme à l'époque, pour qui son cœur avait battu, amour de jeunesse sans suite sérieuse, réapparu au détour d'une photo dans le fichier d'une agence matrimoniale.
Est-ce Christophe, d'où il se trouve, un paradis qu'elle suppose et espère à son intention, qui lui offre ce choix de nouvelle vie ?
Par ailleurs, au courant par sa propre confidence de son divorce, et de l'existence de sa fille Marie âgée de sept ans et demi à l'époque, avec l'intention de refaire sa vie, pourquoi pas, au sein d'une famille recomposée qui partagerait les difficultés passées, et le drame reconnu dont l'empreinte restera gravé.
En toute sincérité, sans le moindre doute dans l'expression des sentiments partagés, d'autres bases furent évoquées en se gardant l'un et l'autre la lumière du passé, désireux d'assurer avec sérénité un partage d'entente pour poursuivre le chemin d'une autre vie.
Pour Sarah et Florian, la détermination de modifier leur vie ne fait aucun doute, un acte réfléchi bousculé parfois par les hésitations devant son importance, puis emporté par la vague qui submerge le rivage pendant les heures de solitude.
Tout de même, Sarah, voyant les minutes défilées, s'interroge. Lui, qui se dit si ponctuel, apparaît-il motivé pour la rencontrer ?
Elle-même, d'ailleurs, par instant, combat l'idée

négative du refus, qui insidieusement la persécute par flash.
Alors, pourquoi s'étonne-t-elle de l'attitude de Florian, va-t-il succomber, lui aussi, à l'hésitation de refaire sa vie, au doute face à des sentiments incertains ?

Florian approchait de La Rochelle au volant de sa voiture, il songe au retard occasionné par ce bouchon énorme, dû aux travaux sur la nationale qui traverse la localité de Marans, file interminable de véhicules mêlés aux poids lourds, long serpent de route n'en finissant pas de s'estomper rythmé par la lenteur des démarrages et la rapidité des feux intermittents.
Florian connait la route depuis quelque temps, l'ayant effectué plusieurs fois depuis la prise de contact avec Sarah, de l'évolution de leur désir d'une tentative réciproque de rapprochement qui peut suite à leurs entretiens sceller la poursuite d'une vie en commun.
Ce qui change cette fois décidé par un accord tacite, c'est le lieu de rencontre différent du rendez-vous classique dans un bar, que ce soit à l'intérieur de la ville sous les arcades, ou bien face au port dans l'un de ces endroits où l'on découvre le rêve permanent, amarré aux cordages des bateaux sur le quai.
Sarah se doit avec égard, de recevoir Florian dans sa pièce studio face à l'entrée du port, il l'a pressenti dans son comportement la dernière fois qu'ils se sont rencontrés, enthousiasmé par l'idée de découvrir son intérieur, il devine sans grande surprise l'endroit sublime, le goût de Sarah pour la décoration, le tout réuni autour de la qualité de vie.
Sûr de sa décision, Florian ressent cependant

quelque appréhension, l'esprit décisionnel n'éradique pas l'interrogation primordiale concernant l'avenir de leurs enfants respectifs.

Et si Florian, n'a pas tout avoué à Sarah…

Que lui dira Sarah sur ce sujet, ils l'ont l'un et l'autre peu abordés, l'égocentrisme des adultes à notre époque s'affiche trop, l'épanouissement des deux enfants perturbés par des séparations imprévues, passe par un équilibre nécessaire, une vigilance accrue au sein d'une famille dite recomposée.

Confiant, il ne doute pas de l'assentiment de Marie sa fille de huit ans qui adule son père, en outre il sait que Morgane dix ans la fille de Sarah, possède le caractère souple et volontaire de sa mère, qu'elle regrette beaucoup le « départ » de son père, en éprouve profondément l'absence.

Il accède proche du centre-ville, il lui reste à parcourir les extérieurs, qui longe le parc Charruyer, et trouver un emplacement de parking face à la plage de la Concurrence ou des allées du Mail.

Le parterre de fleurs séparant les deux avenues à sens unique, resplendit à cette époque de l'année avec ses couleurs variées et la pelouse verdoyante qu'on peut à vue d'œil assimiler à un terrain de Golf.

Avec un peu de chance, Florian trouve une place proche d'un bungalow- magasin de souvenirs sur le chemin qu'empruntent les visiteurs, proche de la plage de la Concurrence.

Descendu de voiture, il lève la tête en direction de la tour de la Lanterne, l'appartement de Sarah d'après sa description doit- être à deux pas de là, Rue sur les Murs, avec cette vue imprenable qu'il imagine sur les Tours de la Chaîne et St-Nicolas à l'entrée du Vieux Port.

Il se doute de son aisance matérielle étant donné la réussite brillante de Christophe qui fut hélas de trop courte durée, dans ce secteur porteur d'un cabinet d'Architectes, autour des relations créées, à force d'un travail acharné. Puis, les appuis conséquents des notables qui épaule son talent de créateur et apprécient son respect des vieilles pierres lors de ses projets futuristes pour la ville.

Mais en réalité aujourd'hui, que devient la réussite, le talent sans son véritable créateur ?

Sarah n'a pas cessée d'y songer, ses propos au moment de leurs premières rencontres, tinté d'une évidente amertume, Florian s'en souvenait et compatissait à son constat de désarroi.

Son ombre, devait à juste titre, roder sur chaque mur, dans les pièces qu'il concevait, à l'intérieur de celle -ci qu'il avait peu habité avant d'être emporté par le flux injuste de l'existence.

Florian, à présent, s'apprête avec un trouble perceptible, à sonner devant la porte du petit immeuble de deux étages à la façade blanche, après avoir arpenté l'étroite rue pavée que protège le rempart.

Il presse le bouton noir de l'interphone, appliqué dans le mur même, le regard fixé sur la porte massive de bois clair.

Un son vibratoire retentit, puis une voix douce, angoissée, celle de Sarah qui se manifeste, nul doute, inquiète de son retard, ou de la crainte d'une déception, d'une mauvaise nouvelle.

- Oui, qui est-ce ?
- Florian, dit-il.
- Je t'ouvre, murmure une voix angoissée.

Un léger déclic déclenche la porte entrebâillée, permettant de découvrir le couloir d'entrée d'une éclatante blancheur, au bout duquel un escalier en colimaçon donne accès au premier étage.
Bientôt, elle se trouve en face de lui, un pâle sourire effleurant son visage.

Assis, l'un en face de l'autre, Sarah et Florian s'observent comme deux boxeurs dans leur coin avant la prochaine reprise, le plus impressionné des deux se révèle être Florian, à la fois par la simplicité et la beauté translucide qui règne à l'intérieur de la pièce unique transformée en mezzanine.
C'est Sarah qui engage la conversation, rassurée de le voir face à elle : Mon appartement te plait, Florian ?
- Ce serait difficile, de dire le contraire.
- Le mérite en revient à Christophe. Il aimait tant cette pièce.
- Ce sont d'après ses plans, j'imagine ?
- Bien entendu, en accord avec moi, il voulait quelque chose de très « design » et aussi une vision sobre de la pièce de la vie.
- C'est très réussi. Fit Florian, cette couleur blanche qui jalonne murs et plafond, personnellement, j'aime.
Sarah à l'écoute de ce compliment sincère son visage exprime une fierté perceptible, elle aura toujours une admiration infaillible pour Christophe, quoiqu'il puisse arriver.
Elle se lève, le temps de prendre dans l'argentier deux verres à whisky, qu'elle dépose sur la table basse en chêne, puis près de la fenêtre ouvre la mappemonde offrant une sélection des meilleurs whiskies qu'appréciait son mari.

Elle sert avec dextérité, un léger tremblement saisit sa main droite, une émotion difficile à contenir parait inévitable, n'est-ce pas la première fois qu'elle reçoit un autre homme dans ce nid du bonheur.
- Santé. Fit Sarah, à l'intention de Florian.
- Santé. Répondit-il, à notre avenir peut-être.
-Nous sommes présents pour en discuter, dit Sarah.
 Un court moment de silence ponctue les paroles de Sarah.
Dans un élan simultané ils prennent leurs verres, tout d'un coup basculé sur leurs lèvres intimidées et boivent par petites gorgées, l'alcool devant les aider à franchir un cap, à entrer dans le vif du sujet, l'avenir, qui les réunit cette fois armé de quelque ambition.
Dialogue capital pour reconstruire une vie détruite de part et d'autre avec la brutalité de l'inconcevable qui affecta Sarah, et la lente désaffection du couple qui toucha Florian.
-Qui aurait pu supposer, qu'un jour nous nous reverrions dans ces conditions. Lança Florian.
-Certes pas moi, répliqua Sarah, comme quoi le hasard est peut-être un des grands romanciers de tous les temps.
-D'autant plus, pour envisager un bout de chemin ensemble.
-Au fait, tu écris toujours ?
-Oui, je continue, j'ai peut-être un projet télé, je reste prudent.
-Je me souviens de ton passage à France 3 Nantes pour ton dernier roman, je l'ai lu avec intérêt.
-Merci, ravi de te trouver parmi mes quelques lectrices !
-Je voulais te demander, ton inscription à l'agence

Dorvaux remonte à quand ?
-Seulement, quelques mois, j'avoue, sans trop de conviction.
-Au fait, tu es toujours décidé à cette expérience commune.
-Oui, pourquoi. Et toi ?
- Moi, aussi. Sachant, comme je te l'ai dit, que je resterai vivre à La Rochelle.
- Il n'y a pas d'ambiguïté. Je resterai habiter Nantes, tout au moins pendant une période transitoire.
-Ensuite il nous faudra trouver un compromis, pour nos enfants respectifs, et en termes d'espace d'habitation.
- Bien entendu, je pense à eux, sur plusieurs plans, et certaines de leurs interrogations inévitables.
-C'est vrai qu'à leur âge, l'adaptation est plus facile.
- De toute évidence, nous devons veiller à ne pas les perturber.
- Ils l'ont été assez, je suis d'accord, ajouta Florian.
-N'oublions pas, la présence physique, affective, d'une mère, d'un père. Même s'ils ont perçu quelque défaut.
Florian, ne quitte pas des yeux le visage ténébreux de Sarah qui s'exprime avec gravité.
- Florian ! Avant de penser à nous, nous devons tout mettre en œuvre pour leur bonheur désormais.
- Bien sûr, Sarah, je n'ai pas l'intention de négliger leur existence. Au contraire, je connais la fragilité psychique d'un enfant.
-Morgane et Marie méritent notre attention particulière, déclina Sarah.
-Il y a assez d'enfants qui souffrent de ces problèmes d'adultes.
-Quant à nous, nous avons l'âge et l'expérience pour

nous soutenir, souligna Florian.
-En principe, nous sommes moins vulnérables malgré la douleur. C'est notre avantage de parents.
-Du moins, devons-nous le laisser paraître en face d'eux, soupira Sarah.

Ils finissent leurs verres, silencieux, perdus dans la brume de leurs réflexions, plus tard ils vont aborder les sentiments plus intimes, parler de la vie sexuelle, chose moins évidente après un premier mariage, les attentes pouvant s'avérer différentes en fonction du vécu et des pulsions personnelles.
Pourtant, ils savent tous les deux que l'harmonie d'un couple passe en même temps par cette entente, qui pour les générations précédentes n'avait pas le même impact.
La nécessité d'effort pour une meilleure compréhension se posait
Il est difficile d'en avoir l'assurance, car dominait en priorité, dans bien des cas, le respect mutuel, éloigné de toute trahison, même dans l'évidence d'insatisfaction, demeurait un principe moral.
Dans beaucoup de cas, on ne trompait pas l'autre comme aujourd'hui, ou alors lorsque l'inévitable intervenait, l'acte d'adultère s'avérait plus cachée.
Florian se souvenait avec hilarité dans sa jeunesse, d'un artisan en menuiserie, ayant pour maîtresse une gérante de salon de coiffure, et qui se détournait plusieurs fois avant de franchir la porte du salon à des heures propices à leur rencontre, croyant sans doute éviter qu'on le découvrît en faute !
Très longtemps, il demeura la risée des gens du quartier, des gamins observateurs, d'autant plus que son visage rougeaud lorsqu'il quittait le lieu traduisait les efforts consentis au moment de séduire

la belle coiffeuse.

Un apprentissage de la connaissance de l'autre s'impose à Sarah et Florian, reconstituer un couple passe par une certaine maîtrise du désir.
Chose difficile à recréer quand par chance l'un des deux, à plus forte raison si les deux en même temps ont déjà connu l'influence bénéfique des corps. Ces moments d'extase qui définissent et marquent à jamais au fil des années ces jours d'union partagés.

-Si nous allions déjeuner « Au bateau d'Emile » dit Florian
D'accord, le temps de me faire belle, et je te suis
-Pour paraître comme avant, quand tu rentrais avec Christophe ?
-Oui, c'est ça, il adorait me voir au top, et jouissait du regard des autres.
Il me disait toujours, qu'une femme devait être désirable à tout moment, et m'appelait la « star », cela m'amusait car j'aimais la discrétion au contraire.
Je partage son point de vue, ton charme est troublant, il émane de toi quelque chose de flottant, qui se reflète dans ta silhouette.
Arrête, n'en jette plus, la cour est pleine, comme on dit, tu as toujours ton regard d'écrivain.
-Tu vois, en tout cas, nous étions faits pour nous revoir un jour ou l'autre.
-Il semblerait en effet sur ce point. Notre accord n'est pas définitif !
-Mais, renchérit Florian sûr de lui, sur la bonne voie je pense !
Elle sourit, les yeux tournés vers lui, un sourire ravageur d'une expression naturelle à laquelle

aucun homme ne prétend résister.
Ils sortirent du studio atelier, presque sur la pointe des pieds.
Dehors, le soleil resplendit dans le ciel infini, va-t-il les guider vers un nouvel éblouissement.

Le « Bateau d'Emile » était noir de monde ce midi-là, Florian en se faufilant entre les tables sentait le regard des hommes qui se fixait au passage sur le corps souple de Sarah, chaloupé dans sa démarche, mouvement non provocateur imprégnant sa féminité, sa perception du désir des autres, qui faisait fantasmer la plupart des hommes assis en proie aux images les plus érotiques.
Il imagina sans trop de difficultés, les pensées et les propos des hommes une fois qu'ils furent passés, du genre :<<Tu as vu, elle a un beau cul. Si elle me proposait, je ne dirai pas non >>
D'autres, s'exprimant de façon plus directe et crue : << Sûrement, quelle est baisable ! >>
Ils finirent par s'asseoir au fond de la salle, dans un recoin disponible qui respirait à l'écart une amorce de tranquillité, presque intimidés de se retrouver face à face semblable à deux amants pris en faute.
Sarah regarda vers les tables voisines, n'étant pas dupe, elle se sentit déshabillé du regard.
Comme toute femme qui inconsciemment suscitait le désir à chacun de ses pas, le mouvement de ses hanches en marchant avec naturel, réveillait les propos les plus imaginatifs, machistes, souvent déplacés de la part des hommes.
Malgré le malheur qui l'avait atteinte, elle conservait l'allure des gens innée pour le bonheur, face au drame qui s'abattait sur eux, il en ressortait toujours quelque chose de positif, on eut dit qu'une

autre force persuasive les portait à bout de bras.
Son sourire bien qu'atténué réapprenait le visage de la joie de vivre, non pas la même qu'hier, car l'oubli était impossible, mais une sensation de croyance aux jours meilleurs. La poursuite d'une autre vie devenue une réalité plus concrète.
Florian cernait avec une émotion intérieure, les perspectives pour eux de connaître ce qu'on pouvait appeler un nouveau départ.
- Je te vois soucieux, fit Sarah.
-Moi soucieux, non, réfléchi plutôt, répliqua-t-il.
-J'avais oublié, tu aimes les pauses réflexions.
-L'auteur en quête de personnages.
- De temps à autre, ça fait du bien, non ? Parfois, oui, une idée germe.
- Et nous dans tout ça ?
-Justement, il s'agissait de nous.
- Et bien tu vois, on y arrive, vas-y ça m'intéresse.
-Je pense que nous devrions « faire un essai »si je peux m'exprimer ainsi.
Sarah étonnée par la suggestion, eut un sourire forcé face à la prudence des paroles de Florian.
-Tu l'aimes encore ?
-Parfois, en dépit de ses infidélités, elle reste la mère de Marie.
-Elle n'est pas au courant de ta démarche depuis le début.
-Non, elle s'est imaginé que j'avais des maîtresses parmi certaines de mes lectrices.
-En vérité.
-Rien de tout ça, je t'assure, un auteur n'est pas toujours le reflet de ses écrits.
-Je comprends sa position, elle aimerait te savoir en faute.
-Si ça peut t'apaiser, dans ma vie transparente je

pense chaque minute à Christophe.
-Je ne suis pas surpris. C'est même normal on n'efface pas les jours de bonheur.
-J'ai du mal à accepter ce coup du sort, cette foudre meurtrière en pleine jeunesse.
La vie nous tient comme des funambules sur un fil, il suffit du moindre déséquilibre, et nous sommes à terre, aplatis, réduits par notre inconscience des choses, notre certitude démesurée.
En définitive, la difficulté réside d'y réfléchir, ne serait-ce qu'un moment, mais quand tout va bien la question ne se pose pas.
Au contraire, dans ce cas-là nous serions taxés de pessimistes ambiants, de dépressifs anormaux que l'état actuel ne justifie pas, de situation morale dégradée par anticipation qui délie les langues et fait exploser les chuchotements.
Florian écoutait Sarah s'exprimer, une analyse non faite pour lui déplaire, leurs sentiments sur la vie se rejoignaient, nul doute qu'ils poseraient ensemble les fondations d'un accord.
Il intervint à un instant où le propos de Sarah commençait à s'essouffler et dit : Pensons à nos enfants, Morgane et Marie, comme la plupart des parents nous voudrions qu'ils soient heureux, qu'ils aient une réussite au-delà de la nôtre, enfin qu'on résolve les difficultés passagères, l'émotion, dont ils ont été les témoins involontaires.
Sarah buvait les paroles de Florian, visiblement elle succombait au comportement, à l'élocution du jeune homme qu'elle avait connu auparavant, différent des autres, souvent en retrait, comme s'il s'agissait pour lui de prendre un certain recul.
En tout cas, elle appréciait la profondeur de sa pensée, son souci de rendre les gens heureux dans sa

globalité.
Florian la surprit dans son isolement temporaire, il la questionna : _Tu m'as entendu Sarah ?
-Excuse-moi, je réfléchissais, mon attitude vis à vis de Morgane est d'éviter qu'elle perçoive un remplaçant de son père.
-Ce qui est admissible, non le but, j'ai le même souci concernant Marie.
-Je crois qu'au début, il faille nous rencontrer en dehors d'eux.
-On ne pourra pas leur cacher trop longtemps notre fréquentation.
-Nous verrons bien, nous jugerons en temps utile.

Ils se levèrent en silence quelques minutes après, quittant le « Bateau d'Emile » ils déambulèrent Cours des Dames, face au vieux port.
Ils se fixèrent un futur rendez-vous, cette fois probable à Nantes, ville qu'appréciait aussi Sarah pour son développement culturel, et notamment les folles journées de la musique classique, chaque année en février.
Ils échangèrent un baiser profond, qui franchit cette fois l'autre cap, au-delà de l'amitié pure et simple.
Florian prit la direction de la « Lanterne », quant à Sarah sa silhouette disparut parmi les piétons qui passaient sous la « Grosse Horloge », vers la rue du palais et les arcades commerçantes de chaque côté de la voie à sens unique.
Elle pensait, en marchant indifférente au mouvement de la foule, à la soirée de tête à tête voulu par Christophe, qui pour des raisons de négligence, ou de perception du temps infini, n'avait pu se réaliser, car nous pensons tous à tort, que nous pouvons, souvent, remettre au lendemain

les choses que l'on jugent éternelles.
Bien qu'ayant quitté depuis quelques minutes, Florian, elle se plut à reconstituer la parcelle d'une soirée intime, infime, mais essentielle parcelle de bonheur au cœur d'un tableau inachevé.

Depuis le temps que Christophe souhaitait qu'ils puissent s'accorder une soirée intime, en tête à tête. Dans le cadre d'un dîner impromptu, sur la table dressée de leurs deux couverts, recouverte d'une nappe brodée blanche au centre de la pièce principale que composait l'appartement atelier de leur choix.
Quel fut son étonnement en voyant les deux bougies de couleur devant leur assiette respective, pas encore allumées, mais qui ne demandait qu'à l'être pour imprégner d'amour une soirée mémorable parfumée de volutes de bonheur répandues.
Ce jour- là, arrivé vers dix-neuf heures, plus tôt que d'habitude, il eut l'agréable surprise de constater la mise en scène d'un désir formulé plusieurs fois en quelques années, et qui selon lui tardait à se réaliser.
Sarah avait sûrement de bonnes raisons de garder cela dans un coin fidèle de sa mémoire.
Elle laissait sans doute mijoter cette perspective sensuelle, tout comme la préparation d'un bon plat cuisiné avec amour dont on servira les morceaux choisis parmi les meilleurs au moment opportun.
Pour créer la montée de l'appétence, y ajouter un brin de fantaisie.
Quelque part elle avait eu, volontaire ou calculé, un certain relâchement se disant comme beaucoup d'êtres humains, nous avons toute la vie pour y penser, rien ne sert de se précipiter, nous sommes jeunes et le temps ne se parcourt pas au galop.

Raisonnement non dénué de sens, mais ce n'est pas compter sur les impondérables, les coups du sort, qui interviennent hélas, à tout âge, avertissement formel sur l'écran de la vie aléatoire.

La vie est courte, en règle générale, disent les esprits lucides ou trop pessimistes, alors pourquoi remettons-nous au lendemain les choses réalisables sur l'instant.

Parce que, là aussi, de toute évidence notre notion du temps est fausse, nous pêchons peut-être par excès de confiance.

-Sarah, je rêve, lâcha Christophe, tu es enfin passé à l'acte.

-Tu vois, je n'avais pas oubliée

-J'en étais persuadé, de là à me surprendre !

- Si je comprends bien, tu en doutais.

- Disons plutôt, un certain scepticisme.

-Te voilà rassuré à présent.

- Ce n'est pas le mot. Tu sais à quoi je pense.

-Non, mais tu vas me le dire.

- Jusqu'où peut aller une femme amoureuse ?

- Toi, je te vois venir… Réponse: jusqu'à la limite du possible.

Christophe eut un sourire amusé, il aimait la provoquer de temps à autre, sachant la répartie spontanée.

-Toujours aussi malicieuse, tu ne t'en tireras pas comme ça.

- Tu trouves ?

-Pas toi C'est quoi au juste pour toi la limite du possible.

-Christophe, tu me connais. Les effets pervers, malsains, loin de l'amour naturel. Satisfait ?

-Ok ! Sarah, sans surprise, ça me rassure quelque part.

- Je le savais, dit-elle, que tu ne serais pas hypocrite sur les bords.
-Je te connais, comme si je t'avais fait.
Devant tant de persuasion, il abdiqua, réfréna sous-jacente sa question non anodine, la jalousie qui parfois le torturait, poussé par la peur de perdre Sarah.
Ils s'approchèrent l'un de l'autre, les lèvres offertes par l'envie du baiser, tendues avant de s'appliquer avec éclat, bouches entrouvertes où la communion s'opère dans une sorte de ballet à la chorégraphie parfaite.
Moment d'extrême intimité, scellé pour la vie quoiqu'il advienne, preuve irréfutable que le bonheur présent se croque à pleines dents, sans aucune arrière-pensée.
Ils restèrent immobiles, leurs deux corps aspirés l'un contre l'autre, appliqué à l'acte préliminaire avant que l'abandon ne se manifesta, conséquence de l'étreinte passionnée qui finit par rompre toute résistance ou volonté affichée.
Soudain se ressaisissant, Sarah s'écarta du corps de Christophe resté en pleine concentration, elle jugea qu'il ne fallut pas brûler les étapes, au contraire, préférable pour l'harmonie de la soirée qui s'annonça fort attrayante de respecter son déroulement logique.
-Alors, On trinque à ce dîner, s'exclama-t-elle.
Christophe, à moitié surpris par ce retrait inopiné, réagit beau joueur en se remémorant dans d'autres circonstances l'imprévisibilité du caractère de Sarah qui en fait tout son charme.
-Et comment, lança-t-il.
Il fut très vite convaincu ce soir-là des intentions réelles de Sarah , par ces minutes précieuses,

prolongées, qu'un couple se doit de renouveler, ces choses en apparence futiles, pour d'autres non essentielles mais qui méritent une attention particulière, la vigilance infaillible au cours des années où tout s'évapore dans l'harmonie.

Piège parfois inéluctable, évitable, pour appréhender l'usure qui rôde, sournoise, tourne insignifiante sur le manège de nos habitudes.

Bien que de caractère différent les idées de Sarah et Christophe sur le couple se rejoignaient, emportés par la détermination de se rendre disponible l'un vers l'autre.

Ensemble, en préservant le bonheur de Morgane leur fille unique avec la volonté de pouvoir freiner le temps qui apparaissait comme un objectif omniprésent.

Prise de conscience du temps qui dresse au -dessus de nos têtes la menace permanente, cette épée de Damoclès imperceptible, mais que nous sentons passer comme un frisson au cours de l'existence.

Le temps qui se consume, disparaît dans la profondeur des souvenirs, atténue les jours colorés en une nuit profonde, assourdissante, nous privant ainsi de la vraie vie que nous pressentons, de l'aspiration à une jouissance commune.

Jouissance qu'ils espéraient non pas à perpétuité, en toute lucidité, mais dans l'espoir d'un contrat de longue durée qui ne devait qu'à terme se résilier.

Tout comme l'extinction d'un feu, d'où crépitent les flammes qui se consument dans l'âtre avant de disparaître complètement, et après avoir réchauffé l'endroit de vie pendant des heures.

Il en est ainsi pour la plupart des êtres humains, après avoir créé, aimé, posséder, à un moment donné, se dresse devant eux la justice irrévocable

pour une fois égale en face de l'homme.
Il n'était plus question de richesse financière, de dédain, de vanité, seulement la prise de conscience pour partager un sentiment unanime, le fait de notre rôle de passager dans ce monde.
Sarah mesurait davantage aujourd'hui l'importance de ces actes simples, qui embellissaient le quotidien de révélation naturelle, évitant de tomber dans le piège d'extravagances surfaites d'un monde purement factice.
Depuis le départ brutal de Christophe, elle se forçait à ne retenir que les aspects positifs de leur courte vie, en se persuadant qu'il était parti heureux d'assumer sa propre passion sur la route de la liberté.
D'avoir pu confronter sa force et son endurance sportive aux difficultés inhérentes jalonnant le parcours dont il aimait chaque dénivelé, et les plaines à perte de vue où l'herbe coupée rase frissonnait sous l'effet du vent, venu de la mer à quelques encablures.

La soirée, se souvient Sarah, se prolongea assez tard, la pendule moderne appliquée sur le mur blanc uni indiquait vingt- trois heures quarante-cinq ; la fatigue réciproque enveloppait leurs corps, le silence confinait leur bonheur presque assoupis dans les fauteuils bas de couleur écru.
Par instant, fractionné, ils s'observaient, l'œil semi vigilant qui tentait de percer la pensée de l'autre, sans un mot qui ne diffusait dans l'atmosphère, leur amour explosait dans cette pause justifiée, il n'y avait rien à ajouter, tout se lisait dans le brillant de leur regard.
Les lèvres de Sarah eurent un mouvement de roulis,

semblables à la vague qui s'enroule avant de se répandre, ce geste annonciateur Christophe l'a perçu qui ne trompa pas sur la suite des évènements.
Quelques minutes plus tard, ils montent l'escalier en colimaçon qui conduit au coin chambre situé en mezzanine entouré par les rayons de livres ; la nuit leur appartient et devient complice de leurs ébats sous la protection d'une inspiration prolongée.
Là, résidait durant ces heures inoubliables, le vrai bonheur, la conviction des paroles inutiles.
Puis il y eut par la physiologie des corps, l'endormissement dans la légère fraîcheur de la nuit, ensuite au bout de cette courte nuit, le réveil matinal sur un fond de ciel bleu uniforme.
Deux corps dénudés, à la peau éclatante de blancheur, anéantis au milieu des draps bleus froissés surpris par la percée du jour, qui attestèrent du désordre au cours du rythme libre de l'amour.

Sarah s'était levé la première pour préparer le café, ayant enfilé à la hâte son peignoir de bain, la ceinture à peine serrée, qui laissait entrevoir ses seins fermes dans l'échancrure du peignoir.
En dressant la table du petit déjeuner elle n'avait pu résister à regarder amplement la mer, grise ce matin-là, le nez collé à la vitre en direction du passage plus étroit entre les tours de la Chaîne et Saint-Nicolas.
Dans son champ visuel, le port des minimes envahi par les mâts des bateaux enserrés surgissait dans le matin calme, en attente de départs et de claquements des voiles multicolores qui allaient prendre le large.
Sarah pensait à cet instant aux jours futurs qu'elle aimerait vivre dans ces conditions, à la fois

coordonné par la simplicité des actes et des gestes, cela lui paraissait réalisable étant dans sa seconde jeunesse à trente- six ans ainsi que Christophe proche de la quarantaine et de ses avantages.
N'y avait-il pas cependant en dehors d'un optimisme logique, une trop grande part de confiance, avec l'excuse de leur jeune âge, face aux évènements instables de la vie ?
Sa réflexion se trouva perturbée par le réveil bruyant de son mari, qui s'étirait comme un enfant après des heures de sommeil récupérateur.
Elle revoyait sa jovialité, et entendait à nouveau sa voix déclamer : Formidable Sarah, tu es irremplaçable. Hum ! Cette bonne odeur de café. Je ne résiste pas, je me lève sans tarder.
D'un bond agile de félin il se trouva contre elle, et à voix basse chuchota : Je t'aime, tu sais !

Peut-être, on ne peut jamais l'affirmer, qu'après les malheurs qu'elle répand, si la vie décide d'octroyer, et d'offrir le meilleur d'elle-même par un geste embaumeur au parfum de revanche.
Florian l'avait-il compris avec évidence, ou la crainte malveillante d'une autre situation floue, l'habitait-il ?
De chez elle, Sarah n'aperçoit que les tours de la Chaine et de St Nicolas, sentinelles permanentes du vieux port, où à l'extrémité de la tour St Nicolas la plus longiligne, représentative de la défense, se dresse le drapeau aux emblèmes de la ville.
Plus que jamais, la vie lui apparu dans le cadre de son tableau, peint aux couleurs, lui semble-t-elle de l'éphémère.
Croire à l'espoir, se répète-t-elle, aller de l'avant, en battante qu'elle demeure, chaque instant de notre

vie renforce notre expérience, coule le long des berges d'un fleuve tantôt calme ou mouvementé, nous berce, nous bouscule, nous endort, nous réveille, nous déçoit, nous satisfait, au gré de sa fantaisie, de son bon vouloir.
Alors pourquoi Sarah se dissuaderait-elle de ne pas tirer bénéfice des possibilités jugées saines de la vie au quotidien ?
De l'accepter de la façon qu'elle se présente, avec ses enchantements, ses illusions, sa douceur, sa véhémence, telle qu'elle existe marquée de son intraitable tempérament.
Après avoir éprouvé le besoin d'être rassurée, pourquoi la sérénité conquise ne la mènerait-elle pas dans un autre élan vers le bonheur.
Vers les jours, dont le souvenir garde intact les instants de suprématie.
Des jours nuancés, aux couleurs modifiées par l'empreinte du temps, teintés de la marque indélébile aux signes de l'existence.
Elle avait surpris une conversation entre deux femmes amies, un jour, dans un salon de thé situé sous les arcades; l'une des femmes parlant à haute voix, disait: <<crois-moi, ne garde intact dans ta mémoire que les jours de bonheur, pense très fort à ces instants, tu verras le mauvais va s'évaporer, comme la rosée du matin, après la percée des premiers rayons du soleil>>

Sarah réfléchissait à la conversation entendue, il y avait plusieurs mois, encouragement plein de conviction en face d'une femme qui visiblement sombrait dans le doute et le pessimisme suite à un important drame personnel.
Certains jours, elle admettait la cohorte des

chagrins similaires au sien, en voulant effacer de son esprit l'idée de responsabilité, le refus d'être positive, nichée avec vraisemblance dans son inconscient.

Les heures qui suivaient en général la voyaient retrouver le goût d'entreprendre, de provoquer son nouveau destin, en l'interpellant comme s'il s'agissait d'une menace constante, de vouloir aimer la vie de façon plus exigeante.
La Rochelle, ville tant prisée, organisatrice d'évènements médiatiques à longueur d'année, l'aiderait à coup sûr, la rendrait conquérante puisque c'était ici que son bonheur se trouva ancrée, à l'homme de sa vie qui pour rien au monde n'aurait voulu quitter la région de sa jeunesse.
L'ambiance du port, avec les départs et les arrivées du bus de mer, et qui rejoint l'autre port avec les voiliers amarrés aux pontons des Minimes, la vue du large où la mer semble au rythme de ses vagues s'empresser de courir vers les îles à quelques miles de là.
Femme de tempérament, Sarah, avait d'étonnantes capacités réactives, une inflexible volonté démontrée depuis la disparition brutale de Christophe, mais à présent n'était-ce pas de trop de constater l'acharnement du destin contre elle.
Une autre forme de disparition, qui cette fois relevait de l'incompréhension, d'acte volontaire ou involontaire de la part d'un homme saisi par la peur ou la lâcheté d'avouer la vérité.
Le choix de s'établir dans le silence, alors que Florian lui proposait de refaire sa vie ensemble, n'était-ce pas l'expression d'un manque de courage qui condamnait les hommes, poussés vers la fuite de

leurs promesses.
Depuis une question incessante, harcelait Sarah: Le véritable amour, le premier que l'on ait vécu, pouvait-il se reproduire ?
Pourtant, pensait-elle, l'expérience humaine prouverait que nous vivons dans notre existence plusieurs vies.
Pour Sarah, cela s'avérait-il avec exactitude, le constat d'une vie en apnée où le souffle déficient ne demandait qu'à retrouver sa fonction normale, avec l'oxygène nécessaire au bonheur quotidien.
Le bonheur du couple dans le dénuement de l'authenticité.
Sans gestes ou paroles superflues, juste deux regards qui se croisent, se comprennent au-delà des mots ou directives inutiles.
Mais, combien en existaient-ils des couples comme cela ?
Sarah, croit depuis très longtemps à l'idée du bonheur marqué du sceau apaisant que permet le silence, avec la seule implication du regard, au même titre que le proverbe:« Pour être heureux, vivons cachés ».

Le téléphone sonna. Elle saisit l'appareil fixe posé sur un meuble du salon, décrocha de la main quelque peu tremblante.
-Allo! Sarah Larchet, j'écoute! Commissaire Devron ?
-Oui, vous avez donc du nouveau… il est vivant ? J'en étais sûr, j'étais convaincue, quelque chose me le disait.
-Vous voulez que je passe à votre bureau ?
-Vers seize heures, c'est bon. A tout à l'heure, Commissaire, merci pour votre appel.

Elle raccrocha, perdue dans ses pensées, envahie par l'inexplicable du moment.

Sarah comprit en un éclair, que Florian s'était joué d'elle, que la voiture retrouvée vide avec quelques indices faisant penser à un enlèvement, n'était qu'en réalité qu'une simulation orchestrée.

Rien depuis quelque temps ne lui serait épargné, pas même le trouble, le désagrément, l'angoisse d'enquêtes de nature opposée.

Deux hommes dans sa vie, en un certain nombre d'années, Christophe qui forçait le respect, l'admiration, Florian qui se prétendait rassurant, inspirant la confiance, le premier la laissant dans le plus grand désarroi victime de l'injustice de la vie, le second traumatisé par les vicissitudes de la vie, n'ayant plus l'envie d'assumer malgré ses certitudes.

Sarah, qui avait adoré un homme en la personne de Christophe, à l'intégrité exemplaire, n'était-elle pas en train de se dissuader du contraire, suite à l'attitude impardonnable de Florian qui compromettait son avenir redevenu obscur.

Surtout, plus grave encore, la vision qu'elle risque d'intégrer et d'attribuer au comportement des autres hommes, les reléguant au même niveau moral.

Son inexpérience dans ce domaine, lui apportait un éclairage nouveau, comme une sombre révélation.

Ne sont-ils pas, pensa-t-elle en définitive, profiteurs et superficiels ?

Elle sortit de son domicile, Rue sur les Murs au niveau du rempart et de la tour de la Chaîne à proximité, quelques nuages défilaient dans le ciel gris et bas.

Le commissariat de police se situait en centre-ville, sous les arcades d'un immeuble où la façade évoquait le riche passé de La Rochelle, avec sa pierre couleur grise, craquelée à certains endroits par le poids des ans.

Sarah devant l'entrée principale au rez-de-chaussée, fut saluée par deux policiers qui lui indiquèrent le chemin et l'endroit du bureau où se situait le Commissaire Devron, suite au rendez-vous. Elle continua à s'avancer à l'intérieur de l'accueil principal, cerné par des bureaux avec des protections de verre, envahis d'ordinateurs aux écrans lumineux sur les multiples enquêtes en cours ou surveillance.

Le tout, dans le cadre d'une rumeur qui s'amplifiait, au fur et à mesure que se croisaient, s'entrecroisaient, un document à la main, hommes et femmes qualifiées d'officiers de police.

Impressionnée, Sarah s'adressa enfin à une femme policière, venue vers elle en l'apercevant à la recherche du bureau où elle avait rendez-vous avec une certaine appréhension.

-Vous désirez, madame, un renseignement ?

-Bonjour, le Commissaire Devron m'attend. Je suis Madame Larchet.

-Patientez quelques instants, madame, je vais la prévenir de votre arrivée.

-Merci, fit Sarah, en s'asseyant sur la chaise mise à disposition dans le couloir, que lui indiqua la policière.

Une autre femme apparue, cette fois d'une élégance discrète, blonde aux yeux gris-vert, vêtue d'un ensemble pantalon et veste jean bleu-ciel, il ne pouvait s'agir que de Martine Devron la commissaire, arborant un sourire détendu à l'égard de Sarah Larchet.

-Madame Larchet, veuillez entrer dans mon bureau, je vous prie.

Sarah, s'exécuta, en suivant la commissaire vers l'endroit précis de l'entretien, et l'espoir qu'il déboucherait sur des certitudes depuis la disparition énigmatique de Florian Pallereau.

-Prenez place, madame Larchet.

-Merci, commissaire, j'ai hâte de vous entendre.

-Je dois vous avouer, madame Larchet, que ma certitude se trouve freinée.

Suite à un nouveau point important de l'enquête, recueilli par des témoins qui depuis mon coup de fil viennent de compromettre nos résultats.

Nous avons été, je vous l'accorde, un peu présomptueux.

Bien souvent, dans ce métier, nous sommes confrontés à des indices aléatoires, qui ne sont pas sans éveiller la fragilité des choses.

-Il s'agit de quoi, Commissaire ?

-De deux témoins, un couple, qui exprime avec sûreté, avoir reconnu, Florian Pallereau, une fois rue du Minage, puis à bord du bus de mer, entre le vieux port et le port des minimes, en compagnie d'une femme.

-Il aurait eu une double vie ?

-Vous savez, c'est malheureusement fréquent !

-Quel salaud ! De m'avoir monté cette comédie, moi qui lui faisais confiance.

-Je comprends vos sentiments de révolte, si vous saviez le nombre d'affaires de ce genre sur lesquelles nous enquêtons, de façon laborieuse.

-Commissaire, pardonnez-moi, ce n'est pas une consolation ce que vous me dîtes, je suis encore une victime.

-Je l'admets, madame, croyez mon expérience personnelle, à part quelques exceptions, les hommes sont faibles et fourbes.
-Je n'ai pas vécue, Commissaire, ce type de situation, mon mari avait une conduite irréprochable.
 Je regrette beaucoup pour vous, madame Larchet, la vie est ainsi faite.
-En somme, je dois attendre le dénouement de vos investigations à partir du rebondissement à ce stade de l'enquête.
-C'est exact, nous devons avoir les preuves nécessaires pour vous confirmer l'état de fait.
-J'ai encore quelques insomnies en perspectives, malgré mon indifférence désormais.
-Désolée, je vous tiens au courant, le plus vite possible, j'ai mis une équipe en filature.
-Je repars avec une certaine amertume, merci tout de même.
-J'aurai préférée, croyez-le, vous donner des nouvelles plus positives ou définitives, bon courage, au revoir madame Larchet.
 Martine Devron, la commissaire, se leva, d'un geste de la main, invita Sarah à quitter son bureau, puis la reconduisit jusqu'au hall d'accueil.
La même atmosphère tendue et bruyante se répandait dans le commissariat, mêlée à la confusion des bruits de la rue que filtrait le système électronique de la porte d'entrée.

Sarah, en sortant, se sentait seule au monde, avec l'escorte des inévitables interrogations: pourquoi, se disait-elle, depuis quelque temps, qu'avec obstination le sort paraissait s'acharner sur sa personne en particulier.

Pourquoi, la vie se montrait-elle à son égard, avec une arrogance consommée, et le désir d'ingratitude.

Croyante, par l'éducation reçue de ses parents, elle devenait sceptique sur le pouvoir et la justice de l'au-delà.

Quelque peu troublée par sa pensée du moment, inhabituelle, elle entendit comme une voix qui l'interpellait, à la hauteur des arcades de la rue des Merciers.

A peine dissimulée derrière un pilier des arcades qui bordait la rue, Sarah crut apercevoir Florian dont les yeux masqués par des lunettes noires, abritait une large partie de son visage.

Elle fut prise d'un léger étourdissement.

<< Cet homme va me rendre folle, alors qu'il ne mérite aucun égard de ma part, aucune circonstance atténuante, se moquer de ma personne comme il le fait après tout ce qu'il savait de ma vie antérieure, jamais je ne lui pardonnerai. >>

Elle s'était rendue compte que son esprit et son corps envahis par sa sensibilité féminine, sa crédulité, devenaient le jouet d'un homme qui ne le méritait pas.

La nuit qui suivit, les turbulences ressentit par Sarah dans tout son être, fut plus apaisante que les nuits précédentes avec l'aide d'une dose de somnifère à laquelle elle avait recours dans les moments passagers d'angoisse extrême.

Le lendemain matin à son réveil, son premier geste fut d'écarter le rideau de sa fenêtre et de regarder le spectacle apaisant des tours Saint Nicolas et de la Chaîne, qui protégeaient l'entrée du vieux port avec leur masse de pierre dominatrice.

Le ciel, parsemé de légers stratus, quelques voiliers qui partaient en mer, lui offrait la vision de la vie comme avant, et lui redonnèrent la motivation de l'oubli face aux évènements récents.

Elle ne voulait plus succomber aux instants où le piège se tendait devant les portes du hasard provocateur.

Surtout, elle s'affirmait dans l'idée, non glorieuse pour l'homme, que son aisance verbale, son allure charismatique, son charme perceptible, ne prévalaient de son sens moral et de sa parfaite moralité.

Florian n'échappait pas à ce jugement, nul doute qu'il fera d'autres victimes, parfois consentantes, pour d'autres plus réticentes acceptant l'aventure, au bout du chemin il se rendra compte que sa course effrénée vers ce qu'il croyait le bonheur, n'était qu'en réalité qu'un leurre.

La solitude prendra sa place face au parcours fleuri de l'amour, peut-être comprendra-t-il qu'il a effectué le chemin à contresens.

Quant à Sarah, une autre vie l'attendait, n'ayant qu'en mémoire la saveur des jours heureux.

La Rochelle, de l'endroit des remparts resplendissait un ciel bleu azur, les touristes arpentaient le vieux port aux terrasses des restaurants, envahi par les clients attirés ou de passage. En franchissant la voûte de la grosse horloge la foule devenait plus compacte, bruyante, des éclats de voix, des sons de musique différente, parvenaient à la hauteur de ses rues piétonnes où le monde nonchalant, voir pressé pour certains, se ruait, animé par l'attrait, la curiosité de la découverte de la ville, avec l'arrêt incontournable à la hauteur de l'historique mairie.

Mouvements incessants des marcheurs, pour

l'hygiène de vie, ballade des oisifs, temps de pause des actifs, l'attrait de croiser d'autres regards, locaux ou étrangers, liés à l'indifférence, à l'insistance déplacée, à l'arrogance ridicule, à l'inexistence de personnalité, à l'indiscrétion maximalisée, tout ce que renferme une ville dans sa prédilection pour établir les liens où le bonheur de vivre s'identifie parmi ses principales qualités, et dans le croisement d'une foule hétéroclite où la vie devient synonyme d'une immense rumeur.
Sarah se souvenait avec émotion de l'aveu fait à Christophe.
De son sourire malicieux, optimiste, quant au choix du lieu.
<< Nous y vivrons, chéri, j'aimerai qu'on vieillisse ensemble, à cet endroit, charmant, privilégié, qui s'appelle Rue sur les Murs, voir le soleil couchant atténué nos interrogations, quand nous aurons, l'un et l'autre, les cheveux gris.
-Je vois l'endroit, tu as bon goût, je pense que nous coulerons des jours heureux, ce serait envisageable, pourquoi pas, j'y réfléchirai ! >>
La phrase résonnait à ses oreilles, confirmé par la mémoire avec sa tonalité, sa présence audible, comme s'il s'était agi de l'instant présent.
Elle sentait plus forte à présent, demain elle appellerait le Commissaire Devron pour lui dire d'abandonner toute recherche.
Elle n'y tenait plus, peu lui importait résultat final d'un triste constat.
Et puis, il y avait Morgane, sa fille, qui grandissait, en passe de devenir son soutien, même si sa vie de femme risquait d'être compromise.
Le téléphone sonna à l'instant.
Sarah se précipita, et décrocha.

- Commissaire Devron ! Que se passe-t-il ?
-Qu'avez-vous à m'annoncer Commissaire ? Florian ?découvert. Il s'est suicidé ! Où ? Dans le port des minimes à l'intérieur d'un bateau. Mais comment, je ne comprends plus.
-Avec un revolver, une balle en plein cœur.
-Merci, Commissaire, contre toute attente, je suis bouleversée par la nouvelle.
 De toute façon, j'allais vous prévenir d'arrêter les recherches.
-Mais, comment se fait-il, il ne m'a jamais parlé d'un bateau au port des minimes !
-Mais, c'est peut-être cette femme, vue en sa compagnie, qui l'a tué ?
-Non, madame Larchet, il s'agit bien d'un suicide, d'après le légiste.
-Je suis désolée, madame, je dois vous convoquer pour identifier le corps.
-Je suis, hélas, une fois de plus, à votre disposition.
-Merci, madame, nous vous attendons au commissariat.
-Pour l'explication du bateau, vous poursuivez l'enquête ?
-On va vérifier, on suppose qu'il le louait de temps à autre.
- Il effectuait, alors, des sorties en mer ?
-On le présume, sinon pour y vivre à quai, Madame Larchet, une hypothèse
 A ne pas négliger.
- Jamais je n'ai eu la révélation qu'il vivait de cette façon, c'est incompréhensible.
-Désolée, j'aurai préféré vous annoncer une nouvelle moins dramatique, moins énigmatique, lâcha la Commissaire.
-Je n'avais plus aucun espoir, et je me détachais de

tout résultat, soupira-t-elle.
La Commissaire et Sarah échangèrent quelques paroles encore, un court instant.
Elles raccrochèrent simultanément le téléphone.
Sarah apparut avec son masque livide qui entachait son visage habituel.
Une seule chose traversa son esprit, avec une émotion non dissimulée, ce mot, dont parlait la commissaire, retrouvé près du corps de Florian.
Et aussi, un dossier bleu, bien rangé dans une case à l'intérieur de la cabine.
Et, qui était cette autre femme, vue avec lui ?

Arrivée sur les lieux avec la commissaire et deux autres policiers, Sarah, pris connaissance des documents cités, après avoir reconnu le corps.
Quelques mots griffonnés, mentionnant juste le prénom de Marie, sa fille, qui avait été confiée à sa grand- mère résidant à Nantes.
<< Ne juge pas plus tard, ton papa, ma chérie, je t'ai aimé plus que tout au monde, il n'y rien à comprendre, il n'y pas d'autre issue, quand on souffre trop dans son corps et sa tête >>
Enfin, le dossier bleu constituait des éléments et résultats médicaux, apportant la preuve de la maladie incurable de Florian.
La femme aperçue s'avérait être une infirmière, qui en dehors des séances de chimiothérapie ambulatoire à l'hôpital, venait de sa propre initiative lui apporter des doses de morphine, au port des minimes.
Par le bus de mer, de temps à autre, après l'avoir attendu sur le port, elle l'accompagnait jusqu'au ponton 13 au port de plaisance des minimes.
Ensuite, l'injection effectuée, elle repartait avec

vraisemblance par le même bus de mer.
Une amitié plus poussée, était-elle née entre eux, le faisait-elle par amour ou dans le cadre d'un service purement médical ayant évalué les risques encourus ?
Nul, ne pourra en apporter la preuve, la commissaire en accord avec Sarah, décidant de ne pas enquêter au-delà des faits constitués.
Pas un regret mentionné à l'intention de Sarah, un pardon au sujet de son acte.
D'ailleurs, sur le nombre de suicidés, le pardon se trouve-t-il évoqué souvent ?
Après tout, quoi de plus normal, de penser à sa fille avant l'acte irrémédiable, elle était le sang de sa chair qui allait poursuivre une autre destinée, qu'il souhaitait meilleure, mais marquée à jamais par l'acte irréparable de son père.
L'ex-femme de Florian, déchue de ses droits légaux de mère, habitait désormais à Toulouse, après avoir séduit un propriétaire terrien beaucoup plus âgé qu'elle, ce qui en principe mettait fin à sa vie dissolue.
Ce soir- là, Sarah, fut perturbée par quelque remord, puis s'endormit très vite, avec l'effet rapide du somnifère.
Sa conscience, malgré certaines interrogations, était soulagée d'un poids, allongée sur le dos, sa respiration rythmait le sommeil profond dans lequel elle était entrée avec le souffle régulier d'une femme libre.

Quinze ans, plus tard. Face à l'église D'Ars en Ré, où surgit au-dessus des toits de tuiles rouges des maisons de l'île le clocher de l'église en noir et blanc, comme pointé en plein ciel avec la perspective irréelle d'un fuselage d'avion.

Une femme penchée sur le guidon de sa bicyclette freine avec brutalité à hauteur de la petite place centrale, attirant le regard des rares personnes qui circulent à cette heure, à la fois surprises par le froid matinal et le bruit grinçant des patins de freins sur les jantes de roues, grincement dû à l'humidité sur le métal avec la pluie fine et pénétrante de ce matin d'automne.

Sarah, chaudement vêtue, portant un casque en prévention de chute, elle a lu récemment le bénéfice en cas de choc, vient d'apercevoir à l'intérieur du bar restaurant « le Cœur de l'île » une silhouette connue, presque fugitive, sous l'effet de sa vision perturbée par les fines gouttelettes de pluie qui viennent d'agresser son visage.

Ayant mis pied à terre, d'un revers de main, elle essuya ses verres de lunette et adossa sa bicyclette contre la cloison de la terrasse intérieure, en protégeant avec soin sa selle de la pluie par un plastic, et ensuite elle pénétra dans le bar où régnait une chaleur appréciable, sur un fond musical

Elle posa son casque sur le tabouret voisin du sien, et se mit en équilibre sur une fesse, fit un signe de tête à la jeune serveuse blonde pour la saluer, qui la fixa avec intensité, ses yeux verts lançaient une luminosité contrastante par rapport au temps extérieur.

-Bonjour, dit-elle, vous êtes courageuse de faire du vélo par un temps pareil.

-C'est une question d'habitude, vous savez, acquiesça Sarah.

- Je vous sers, quoi ?
- Un café crème et un croissant, s'il vous plait.
- Tout de suite, madame, c'est parti.

La serveuse se retourna vers la machine à café, préparant en même temps le lait chaud à côté de la tasse à café, le regard de Sarah se focalisa sur son dos et les courbes de son corps, puis, se reprenant comme si elle avait commis une faute visible, elle détourna son attention sur l'aspect général du bar et la salle de restaurant qui lui parurent joliment décorés.

Les couverts dressés sur les tables, sur des nappes d'un bleu océan auréolés de coquillages, étaient en attente de clients pour l'heure de midi, souvent des ouvriers occupés aux travaux nécessaires de maisons désertés par leurs propriétaires, des célébrités des arts et de la politique, vaquant à leurs occupations parisiennes ou provinciales en cette saison. Aussi, parmi eux, quelques touristes égarés ayant un goût prononcé pour la solitude et les intempéries du moment, avec l'idée bien ancrée qu'ici le temps changeait vite, grâce au micro climat de l'île.

Une musique de fond parvenait à ses oreilles, le chanteur à la voix chaude, gutturale, et à l'accent inimitable, n'était autre que celle de Claude Nougaro, interprétant « Toulouse » avec le talent qu'on lui connaissait.

Sarah, se fiant à son instinct, fit soudainement le rapprochement avec Florian ; s'agirait-il de Marie, sa fille, revenue par nostalgie proche de sa région de naissance ? Et la femme, qui disparaissait au fond vers la cuisine, se montrant à peine. << Ne serait-ce pas la mère de Marie >> ?

Le doute s'emparait de Sarah, en même temps qu'elle croyait aux hasards de la vie.

Et si elle ne se trompait pas ? N'était-ce pas simplement un mirage, une vision trouble parsemé d'images du passé qui affluait à l'improviste

soulignant des évènements, heureux et malheureux, qu'on ne devait jamais oublier.
Son interrogation était trop vive, elle se décida à poser la question à la jeune serveuse, occupée, le dos tourné à mettre en place les tasses à café : << Excusez-moi, votre prénom ne serait pas, Marie ?
A la prononciation du prénom, la jeune fille se détourna, surprise qu'une femme inconnue, à ses yeux, il y a encore quelques minutes, puisse, par elle ne savait quelle magie deviner une partie de son état civil.
-Je m'appelle, Marie, en effet, vous me connaissez ?
-J'ai connu votre papa, Florian, c'est fou, la ressemblance du regard.
-Je devine, maintenant, vous êtes Sarah.
-En effet, je suis Sarah, et j'habite La Rochelle, entre la tour St Nicolas et la Lanterne.
-Oui, je sais maintenant, je me souviens de votre appartement, face au rempart,
J'accompagnai, papa, et j'avais huit ans.
-Comment avez-vous su, Marie, la vérité sur la dramatique fin de votre père ?
-Ma grand-mère, m'avait d'abord annoncé, que papa était parti faire un immense voyage pendant très longtemps et qu'elle se chargeait de s'occuper de moi.
Mon regard d'enfant, avec toute sa crédulité, discernait cependant avec une partie d'inconscience, la vraisemblance du mensonge de ma grand-mère.
-Alors, à quel moment a-t-elle décidé de vous révéler la triste réalité ?
-Quelques mois, après, la questionnant sans cesse, et n'ayant pas de ses nouvelles, car j'adorai mon père !
-Là, elle vous a avoué l'horrible maladie, qui suscita

la décision de son acte ?
-Beaucoup plus tard, elle me révéla qu'il souffrait d'un cancer du poumon au
  Stade terminal.
-Cela a dû être affreux d'apprendre à votre âge, cette terrible nouvelle ?
-Oui, et la vision de ma grand-mère en pleurs en me l'annonçant, d'ailleurs elle ne s'était jamais consolée de la perte de papa, son fils unique.
Puis, quelques années après, elle est morte de chagrin, malgré son affection pour moi.
-Et ensuite, qu'avez-vous fait, Marie ?
-J'ai revu ma mère à Toulouse, mais l'entente était impossible, je la rendais responsable de la mort de papa et de sa vie malheureuse, à la limite de la haine.
-Je vous crois, cela n'a pas dû être facile.
Par bonheur, l'année- là, j'ai rencontré Benoit en poste dans la restauration, à Bordeaux, et j'ai appris le métier avec lui.
-Et tous les deux, votre parcours jusqu'à l'île de Ré, à la tête de cet établissement, bar –restaurant, qu'on appelle avec un joli nom : « La Pause de l'île »
-La chance, un ami de Benoit, qui a plusieurs restaurants franchisés dans la région, plein de confiance en nous, nous a proposé de venir à Ars en Ré, persuadé de l'essor possible de l'affaire, surtout en été.
-Et, je me doute, vous êtes satisfaits, l'un et l'autre ?
-Nous sommes très heureux, et adorons l'île, même en période calme.
Au contraire, les moments de solitude qu'elle offre comble notre bonheur, nous faisons de longues marches, surtout le lundi, les joues fouettées par le vent, sous l'éclairage fabuleux que permet l'île à ses

différents endroits.

-Heureuse, de vous avoir revue, Marie, je vous souhaite la poursuite de votre bonheur, et j'espère par la suite faire la connaissance de Benoit.

-Notre jour de fermeture est le lundi, je vous aviserai, nous irons vous voir à la Rochelle avec plaisir, Rue sur les Murs.

-Je serai ravie, Marie, de vous accueillir, en mémoire de Florian, que le destin n'a pas épargné, je n'oublierai jamais la tentative de refaire notre vie, et en même temps nos réelles incertitudes sur un autre chemin possible.

Sarah, fit un geste discret de la main à Marie avant de quitter le bar, Marie au même moment contourna le bar pour venir l'embrasser, dans son regard se lisait l'émotion où le souvenir de son père n'était pas étranger.

La porte de « La Pause de l'île » se referma sur elles deux.

Sarah, la tête pleine de pensées confuses, pédalait à bonne allure avec la joie et l'amertume confondue, le visage offert au coucher du soleil.

Euphorique, elle avalait les kilomètres en direction de Sablanceaux et du pont qui enjambait l'océan, cette fois, vers La Rochelle, en évaluant la pente et la difficulté à gravir aux abords du pont.

Certes, elle n'avait pas la puissance musculaire que possédait Christophe, mais sa détermination et son aisance à pédaler palliaient à l'autre lacune.

Sarah, atteignit bientôt, le parc Charroyer et la quiétude de son ombrage, où le cri et la vision splendide du paon, tout en effectuant la roue, se déroula sous ses yeux.

L'écho d'autres animaux, et oiseaux en liberté surveillée dans leur enclos parvenait aux oreilles des promeneurs et des personnes assises à lire dont la présence appréciait la tranquillité du parc.

Sarah, mis pied à terre, n'étant plus qu'à quelques centaines de mètres de son domicile, la Lanterne à demi cachée par la limite des derniers arbres du parc, se dressait en gardienne vigilante sur le rempart.

Sarah, descendit de sa bicyclette, marcha quelques mètres en direction d'un endroit, encadré par une haie touffue, où se blottissaient, presque accolés, deux bancs, sans personne ce jour-là, et où elle appuya contre l'un d'eux le guidon de son vélo.

C'était ici, un dimanche matin, dans un dernier regard, un journal entre les mains, à la page loisirs du week-end, qu'elle avait vu avec le même enthousiasme s'élancer Christophe pour ses deux heures rituelles de sport, et projetant l'idée de sortie en couple pour l'après-midi.

Puis, le film accéléré, l'évanouissement limite à l'annonce de la nouvelle, le cri étouffé mélangé aux pleurs, la déchirure d'une vie dans toute sa brutalité anéantissant en un éclair leur amour fusionnel et leurs projets d'avenir.

Sarah, les yeux humides, s'enveloppa de temps à autre du linceul des drames vécus, qui traversèrent sa vie, mais demeura fidèle à l'endroit, à la ville, où le bonheur fidélisa des instants écrits dans son journal intime.

Moments fugaces, semblables au temps qui passe, ô combien inoubliables, au-delà de la douleur restée irréversible.

Poème

Sur le Reste du Temps

Sur le reste du temps, il n'y a rien à dire
Ou plutôt tout à dire
Sans doute à exprimer dans un profond soupir
L'espoir de désirs
Une envie multiple de plaisirs
Synonyme d'appartenir
Au reste du temps
Sur le reste du temps si le chemin se termine
Qu'il le soit comme je l'imagine
Dans l'éclairage d'un soleil à venir
D'océans, de fleurs, et d'amour,
Qui me respire
Sur le reste du temps, à quoi bon s'épancher
Nos passions ne vont pas se ternir
Simplement en souffrir
Sur le reste du temps, je veux croire à l'illusion
D'infléchir, même si la sommation
Me déchire
J'entends mille cris en guise de souvenirs
Sur le reste du temps l'option de réfléchir
Ne peut se résumer qu'à instruire
Le temps qui passe laisse sa trace
Dans l'espoir d'accomplir
L'acte de bonté, la marque d'humilité
Tout cela avant de subir
Une volonté qui ne cesse de grandir
Sur le reste du temps, il n'y a plus rien à dire
Il faut au mieux le remplir

De triste mine, en sourire
Qu'il sache, que l'amour, les enfants, les voyages
N'ont cessé de me divertir
Avant qu'il commette l'irréparable
L'acte suprême de désunir
Sur le reste du temps il ne faut pas prédire
Simplement penser qu'il peut encore enrichir
Réjouir avant de vouloir dévêtir
Sur le reste du temps pour mieux vieillir
Il faut continuer à imaginer l'avenir.